L’âge des amours égoïstes

DU MÊME AUTEUR

Aux Éditions Robert Laffont

La Petite Sonneuse de cloches, 2019 (Pocket, 2020)
37, étoiles filantes, 2018 (Pocket, 2019)
L'Appel de Portobello Road, 2017 (Pocket, 2018)
Les Jonquilles de Green Park, 2016 (Pocket, 2017)
Aide-moi si tu peux, Robert Laffont, 2015

Chez d'autres éditeurs

Petit Éloge du baiser, Les Pérégrines, 2021
J'aurais voulu être un Beatles, Le mot et le reste, 2020
Presque la mer, Hugo Roman-Stéphane Million, 2014
Le Voyage près de chez moi, Stéphane Million Éditeur, 2013
L'Histoire de France racontée aux extraterrestres, Stéphane Million Éditeur, 2012
Folie furieuse, Stéphane Million Éditeur, 2011
Pagaille monstre, Stéphane Million Éditeur, 2011
Le Journal fictif d'Andy Warhol, Stéphane Million Éditeur, 2010
Le garçon qui dessinait des soleils noirs, Stéphane Million Éditeur, 2009
Le Rouge et le Bleu, Le mot et le reste, 2008
L'Amoureux en lambeaux, Scali, 2007

Jérôme Attal

L'âge des amours égoïstes

roman

Robert Laffont

ISBN 978-2-221-25173-7
Dépôt légal : janvier 2022

Éditions Robert Laffont – 92, avenue de France, 75013 Paris

« Giacometti a dit un jour que la grande aventure pour lui, c'était de voir surgir quelque chose d'inconnu, chaque jour, dans le même visage. »

Francis Bacon,
Entretiens avec Michel Archimbaud

1.

À l'époque, je m'efforçais de retenir le prénom des gens qu'on me présentait. C'était la première prise d'un attachement. Le début de la civilisation ou le commencement des emmerdes. Parfois, ça allait trop vite. Trois quatre personnes à la suite, à un rythme étourdissant. Sarah, Frédéric, Léa, Rubis. Qui est Léa, déjà ? Les gens vous balançaient leurs prénoms comme des balles de tennis. Je me préparais à affronter des échanges embarrassants, aussi triste et résigné qu'un poney dans le jardin du Luxembourg. Évidemment, les soirées de nouvel an représentaient un défi de taille, surtout si j'accompagnais un ami à une fête sans connaître aucun des individus qui s'y trouvaient. Retenir un prénom était pour moi une forme d'élégance, l'entendre prononcer une source de volupté, car dans le cadeau de dévoiler son prénom, le son de la voix venait avec.

Je ne connais rien de plus intime que le son de la voix. Ou alors, à égalité avec l'écriture et la nudité.

La première fois que j'ai vu Laura, elle dérivait parmi les autres, riait à des blagues dont je ne saisissais ni la contenance ni l'humour – c'étaient vraiment de tout petits rires, plutôt pour signifier son existence, comme les marques qu'on trace à la craie ou avec du scotch noir sur un plateau de cinéma pour indiquer au comédien jusqu'où il peut se déplacer –, et j'ai tout de suite été attiré par son visage, sa silhouette, et par le fait qu'elle n'avait pratiquement pas de seins. Le peu qu'elle avait, il me le fallait. Je veux dire : je voulais les protéger.

Le bleu des tuiles en ardoise après la pluie. Pour parler de ses yeux, j'aurais pu évoquer le bleu de l'ardoise après la pluie. Ou deux coquillages qui auraient jalousement gardé l'accès à la mer, embrumés par des écrans de fumée parce que Laura avait la fâcheuse habitude d'enchaîner clope sur clope, et je me suis fait la réflexion que si je parlais une poignée de secondes avec elle, j'allais risquer de devoir mettre mes habits au sale une fois rentré chez moi. Or, après une brève concertation avec la totalité de mon être tremblant, j'ai décidé de prendre ce risque.

Andreas, qui la connaissait depuis cinq minutes, s'est chargé des présentations comme s'il la fréquentait depuis cinq ans :

Je te présente Nico, il est dans un groupe.

Ça claquait d'être dans un groupe, autant que ça passait inaperçu. Une autre fille, une blonde avec beaucoup d'allure et un visage allongé à la Daryl Hannah, a lancé :

Quel style.

Merci.

Non, c'était une question. Vous jouez quel style de musique ?

J'ai senti le regard de Laura se poser sur moi. Projeter un peu de bleu. M'accorder en cet instant autre chose qu'un intérêt poli, comme si ma réponse allait définir ma place dans l'univers, me situer quelque part, à une distance plus ou moins grande de l'attention qu'elle me porterait désormais. Aussi me suis-je efforcé d'être le plus large possible dans ma réponse pour conserver une position séduisante dans son système :

Entre Michel Delpech et David Bowie.

Laura et la fille qui ressemblait à Daryl Hannah ont ri, et j'ai accompagné leurs rires d'un franc sourire, pour montrer que je n'étais pas dupe de ce que je venais de prononcer, et que définir un style, à moins que vous ne fassiez vraiment de l'imitation, c'est toujours délicat. Je suppose qu'un artiste évolue dans un contexte d'influences, de choses très dispersées qui le marquent et que seule sa sensibilité peut relier, puis qu'il essaie, du mieux possible, d'apporter sa solution personnelle. C'est pour ça que l'histoire de la peinture me plaît pas mal, parce que Picasso ne peut exister sans Velázquez et l'art primitif par exemple. Et Francis Bacon, sans Velázquez à travers le regard de Picasso.

Andreas est venu à ma rescousse en envoyant une plus ou moins vacherie, comme à son habitude.

Nico ne joue pas vraiment de musique, c'est le chanteur.

Je ne suis pas vraiment le chanteur, ai-je aussitôt rétorqué, disons que je suis l'interprète de mes textes.

C'était une défense naturelle et peut-être essayais-je aussi d'impressionner Laura, qu'elle sache qu'elle avait en face d'elle un type qui écrit, même si je ne sais toujours pas si c'est quelque chose qui impressionne réellement. Par exemple, les mots écrits au dos des cartes postales disparaissent pour toujours quand vous appréciez une image au point de la punaiser au-dessus de votre bureau.

Et à part ça, tu es où ? a demandé l'autre fille qui s'appuyait maintenant contre le même pan de mur que Laura.

Eh bien… Pas loin. Nulle part.

TU ES OÙ ? À quelle fac ?

À croire que la communication passait mal. À mon corps défendant, l'appartement ressemblait à un bocal que chaque nouvel arrivant se sentait obligé de remplir avec un maximum d'attitude et de bruit.

Paris-I.

Philo ?

Nope. Histoire de l'art.

Tout pareil ! a dit Andreas en passant son bras par-dessus mon épaule pour bloquer ma tête dans le creux de son coude. C'est d'ailleurs là qu'on s'est rencontrés.

Il s'efforçait de jouer la partition de l'amitié virile et décontractée. Je l'ai laissé faire, songeant à une réplique du film *Hara-kiri* de Masaki Kobayashi que j'avais vu lors d'un cycle à la cinémathèque : « Le code d'honneur du samouraï n'est qu'une brillante façade. »

Laura et sa copine se sont brutalement détachées de la conversation pour accueillir une de leurs amies qui venait d'arriver. Elles avaient l'air plutôt liées, puisqu'elles se sont jetées dans les bras les unes des autres. Andreas a profité de cette interruption pour m'asticoter :

Arrête de la regarder comme ça !

J'ai fait l'innocent :

De la regarder comment ?

Eh bien comme si elle était une assiette de nachos avec de la sauce salsa et du fromage fondu.

C'est Laura qui, la première, est revenue vers nous et a poursuivi, comme si notre conversation n'avait jamais été interrompue :

Et tu te destines à quoi plus tard ?

Plus tard, c'est en ce moment ! ai-je déclamé en me croyant malin, sans doute par excès de confiance en la voyant revenir sans délai, alors qu'il aurait été si simple pour elle d'aller faire quelques brasses avec ses amies dans les méandres de la soirée, puis de nous retrouver, par ricochets, dans la cuisine ou sur un des balcons.

Par cette formule, *plus tard c'est en ce moment*, j'essayais juste d'exprimer que, pour moi comme pour pas mal de types que j'avais croisés ces dernières années, la fac était la plaque tournante des mains dans les poches, la salle des pas perdus, le hall d'embarquement dans l'attente d'un coup de pouce du hasard, et chaque nouveau semestre un tour de piste avant de décoller vers une destination aussi imprévue que providentielle.

Je dois avouer que, dans mon cas, depuis les résultats du bac, le plan de vol tardait à venir.

Je travaillais cette année-là sur mon mémoire de maîtrise. Une issue s'annonçait, qui pourrait tout aussi bien me laisser sur le bas-côté de la route, dans ce luxe formidable des décisions implacables qui peuvent être encore remises au lendemain.

Peut-être qu'on pourrait aller à un de tes concerts ? a proposé Laura.

Oui, ce serait super. Et toi, tu fais quoi dans la vie ?

Je cherche un stage.

Dans quoi ?

Dans tout ce qui paie.

Alors ne fais surtout pas de stage, a rigolé Andreas.

Tu vis où ? m'a-t-elle demandé.

J'ai répondu, au risque une nouvelle fois d'en faire trop :

Je ne vis pas, je survis.

Pour ma défense, ce qui est prononcé dans le souffle de l'instant n'est pas forcément à prendre à la légère. L'année de ma rencontre avec Laura, j'ai vraiment eu la sensation d'être en perpétuel état de survie. J'ai rejoint l'inquiétude des êtres trop préoccupés par l'amour pour se sentir forts et se montrer faibles en d'autres affaires que celles du cœur.

2.

J'avais rendez-vous avec mon directeur de mémoire, monsieur Fabis, pour lui demander du temps additionnel.

J'ai traversé le jardin du Luxembourg et, pour me porter chance, selon un rituel inventé par mes soins, j'ai touché un pan de la robe de la statue de Valentine Visconti, non loin de l'entrée de la rue de Fleurus. La duchesse d'Orléans avait pour devise : « Rien ne m'est plus, plus ne m'est rien », et je m'en étais inspiré pour le titre d'une de nos chansons.

Cette statue me plaisait pour deux raisons : elle était une des seules du jardin à tenir un livre dans sa main, et en la contournant j'avais lu le nom HUGUENIN gravé sur le socle.

À l'âge de 20 ans, la lecture du *Journal* de Jean-René Huguenin m'avait fortement impressionné. Pur, brûlant, un joyau littéraire sans concession dont chaque ligne avait fixé ma soif d'absolu. Ainsi, j'avais pris pour un adoubement de lire le nom HUGUENIN sur une statue que j'avais élue parmi celles qui surplombaient le bassin. En réalité, il s'agissait de Jean Pierre Victor Huguenin, sculpteur du XIXe siècle.

À Paris, dans le labyrinthe de visages, tout prenait valeur de signe. Je trouvais dans ces signes un remède aux errements, au monde béant qui s'ouvrait devant moi sans m'offrir de trajectoire convaincante, et, surtout, un étouffoir à ma sensibilité de feu.

Je m'étais mis à m'intéresser au tarot de Marseille. D'autant que tirer les cartes me permettait, au cours des soirées improvisées chez un camarade de fac, de pouvoir m'isoler dans la chambre ou derrière le canapé avec la fille qui me plaisait. Les filles avaient toujours beaucoup de questions à poser aux cartes, et j'espérais que sous une avalanche de points d'interrogation, elles ne s'en poseraient plus aucune au moment de m'embrasser.

Un samedi après-midi, alors que j'avais rendez-vous avec Andreas devant le Panthéon, j'avais effectué un tirage rapide en deux cartes : le Pendu et le Mat. Ni Andreas ni moi ne nous étions trouvés ce jour-là sur la place des Grands Hommes pourtant bien clairsemée.

Monsieur Fabis occupait un petit bureau dans les étages de Michelet, la fac de briques rouges située entre le Luxembourg et le jardin de l'Observatoire, derrière la rue d'Assas. La plupart du temps, il portait des costumes moutarde ou marronnasse qui accentuaient son physique austère. Devinant que je n'irais pas bien loin dans la recherche, mon directeur de mémoire s'exprimait à l'aide d'une infanterie de grimaces à la signification impénétrable et dans une gamme de soupirs qui traduisaient clairement l'exaspération. Pourquoi l'histoire de l'art ? Pourquoi la Sorbonne ? Il me soupçonnait de les avoir choisies pour traverser chaque matin le jardin du Luxembourg plutôt que de prendre le métro pour aller pointer à Villetaneuse, et en cela monsieur Fabis avait parfaitement raison.

Par bonheur, un musée organisait une grande rétrospective du peintre Francis Bacon en septembre, et comme Bacon et la série de toiles qu'il avait peintes d'après un autoportrait de Van Gogh sur la route de Tarascon étaient le sujet de mon mémoire, j'y avais trouvé l'occasion rêvée de repousser la remise de mon travail après l'été.

Vous comprenez, c'est une chance inespérée de voir les toiles en vrai..., ai-je argumenté.

Qu'est-ce qui vous y oblige ? Il y a des artistes qui préfèrent travailler d'après photo. C'est d'ailleurs le cas de Bacon sur la série des Van Gogh qui vous intéresse, puisque la toile qu'il a prise pour point de départ a été détruite pendant la guerre. Être artiste, c'est souvent faire de grandes choses avec peu.

J'ai fixé les lacets de mes sneakers. Sans bien savoir pourquoi, j'ai pensé à cet épisode en primaire où la maîtresse s'était mis en tête de nous apprendre à faire nos lacets ; comme je n'étais pas certain d'y arriver, je me pointais à l'école avec des chaussures à scratch. J'ai toujours été doué pour contourner les obstacles. Gagner du temps était ma spécialité. Presque une forme de résistance.

M'efforçant de rester impassible, j'ai dit :

Justement, je comptais profiter de l'exposition pour m'imprégner de l'intensité des toiles, les regarder à pleins poumons et m'en souvenir ensuite.

Regarder à pleins poumons ? a répété mon professeur avec perplexité.

Oui, ai-je insisté.

Il a de nouveau soupiré.

De toute façon, Nicolas, vous n'avez aucune intention de poursuivre vos études après ce mémoire, n'est-ce pas ?

Après un temps d'hésitation, j'ai lâché, au risque de passer pour le dernier des bouffons :

Je fais de la musique dans un groupe. On donne pas mal de concerts. Je compte plutôt me lancer dans la… musique.

Tout en triturant les branches de ses lunettes, monsieur Fabis a repris la parole :

Puis-je vous poser une question ?

Et, sans attendre que je l'y autorise, il m'a demandé :

Pourquoi Francis Bacon ?

Eh bien, ai-je expliqué sans dissimulation, j'ai entendu Serge Gainsbourg parler de lui dans une interview, et la façon dont il en a parlé m'a plu.

C'est tout ?

Non. Après, je me suis intéressé à son travail. J'ai lu les entretiens avec David Sylvester, et tout ce qu'il racontait m'a plu. Elles sont rares, les conversations où tout ce que dit la personne vous paraît intéressant, du moins touche en vous suffisamment de cordes sensibles pour produire un accord.

Et vous avez pensé, a ajouté monsieur Fabis d'un air ironique, que ça valait la peine de lui consacrer un mémoire… parce que tout ce qu'il disait dans ces entretiens vous a paru… intéressant ?

Oui, je suppose que c'est ça.

Il y a eu un silence aussi épais que le socle sur lequel reposait Valentine Visconti dans le jardin du Luxembourg.

Si un jour, avec votre musique, vous accédez à un certain succès, vous aimeriez être aussi intéressant dans les entretiens que vous donnerez ?

Oui, c'est l'idée. Même si je crains qu'il n'y ait pas beaucoup de David Sylvester dans le monde du divertissement.

Et la peinture de Bacon, vous vous y intéressez quand même un peu ?

Oui. Je trouve ça puissant.

Monsieur Fabis tenait en main la vingtaine de pages qui constituait le plan et la première partie de mon mémoire. Il y a planté les yeux et, sans m'adresser un regard, s'est mis à commenter sur ton posé :

Il faut reconnaître qu'il y a de bonnes pistes dans votre introduction. Les rapports de la figure et du paysage. Il y a des formules, notamment quand vous dites que Bacon a plongé dans l'âme de Van Gogh comme un enfant trempe ses doigts dans une boîte de couleurs, des réflexions sur la création, la démarche viscérale des deux peintres. Mais dès que vous prenez une direction intéressante, vous semblez la lâcher en cours de route. Comme si vous ne faisiez que survoler votre sujet.

J'ai haussé une épaule, et dit :

Dans la dernière toile de Van Gogh, les corbeaux survolent bien le champ de blé…

Certes. Certes.

Prenant une profonde inspiration, monsieur Fabis m'a dévisagé pour conclure :

Écoutez, Nicolas. Nous allons faire un pacte. On va au bout de ce mémoire ensemble, et ensuite vous me promettez qu'on arrête là, c'est d'accord ?

J'ai été saisi d'effarement. Mon professeur venait de s'exprimer d'une façon à la fois cruelle et emplie de compassion. Comme une fille m'aurait dit au lycée : Je veux bien sortir avec toi jusqu'aux résultats du bac et après tu me promets qu'on arrête là, c'est d'accord ?

D'accord.

Vous aurez ensuite tout votre temps pour réussir dans la musique, n'est-ce pas ?

C'est que…

En rejoignant le jardin par l'entrée où l'un des maréchaux de Napoléon avait été passé par les armes, une grande tristesse s'est abattue sur moi. Pour tout dire, j'ai eu le sentiment d'être un usurpateur. J'avais fanfaronné en parlant de réussir dans la musique, alors que je n'étais même pas musicien, et il m'apparaissait de manière éclatante qu'être chanteur dans un groupe était plus ou moins à la portée de tout le monde. Il fallait juste se trouver des amis qui toléraient votre présence derrière un micro pendant qu'ils s'éclataient dans la pratique de leur instrument.

Quoi qu'il en soit, j'étais de moins en moins confiant en nos chances de réussite. Nous avions tous 25 ans. Nous nous connaissions depuis l'adolescence. Nous avions répété d'abord dans nos chambres, puis dans le garage du pavillon de banlieue de Dan, notre guitariste. Cela faisait au moins cinq ans que nous donnions des concerts à Paris sans jamais dépasser la petite centaine de spectateurs, ni parvenir à nous faire connaître des professionnels. À chaque concert, sur les quatre ou cinq programmateurs qui avaient confirmé leur présence, un seul faisait son apparition, et dès la troisième chanson, il était au bar, à boire des coups en compagnie d'une fille qu'il avait repérée dans la salle, ou qu'il avait déjà croisée lors d'un autre événement.

Chacun des membres du groupe commençait à prendre une voie différente, les études, une proposition de job qui semblait sérieuse, un possible départ à l'étranger, choses dont nous débattions lors d'interminables réunions sur nos objectifs en commun. Ces réunions qui, lorsqu'elles prennent le pas sur les répétitions, sonnent souvent le glas de la musique. De toute façon, nous passions beaucoup plus de temps à préparer l'espace du concert qu'à en habiter l'instant. Les engueulades devenaient fréquentes, les malentendus légion. Dans les moments de découragement, 26 ans m'apparaissait l'âge idéal pour célébrer notre dissolution. Cela éviterait à l'un d'entre nous de faire partie du spectaculaire et macabre « club des 27 ».

Je retardais le moment de nous dire adieu parce que les chansons me tenaient. Comme si, avec elles, j'avais trouvé un endroit à moi, un territoire, une forteresse, alors que tout n'était que tourmente au-dehors ; ou pire que la tourmente, l'inconséquence des êtres, la mollesse et la brutalité de l'époque. Je ne trouvais de place valable à mes yeux dans aucun des possibles qui s'agitaient au-dessus de ma tête. Aller d'un concert au suivant me décharnait autant qu'il me tenait lieu d'horizon. Je ne voyais pas d'échappatoire et ne pouvais même pas compter sur la fac, parce que je n'avais pas envie de m'engager dans une direction qui m'enverrait m'enfermer dans un bureau, et que de toute façon mon directeur de mémoire venait de me mettre un râteau.

3.

Comment s'appelle ton groupe ?

Peggy Sage.

L'hiver avait été morne, tiédasse, interminable. Nous étions début mai, on fêtait le retour du soleil. Tous jusqu'au cou dans ce snobisme étudiant de sortir le jeudi plutôt que le week-end, habitude triviale que nous laissions aux banlieusards dont nous étions pourtant depuis l'enfance des spécimens naturels. Dan m'avait entraîné sur le pont des Arts et ses planches en bois jonchées de grappes de jeunes gens qui pique-niquaient dans une joyeuse ambiance. Des types en polos de toutes les couleurs venaient spontanément nous souhaiter « bon apéro ». La plupart s'étaient donné rendez-vous via Internet. Le principe était simple : la personne qui avait pris l'initiative envoyait un mail à trois amis en leur proposant d'envoyer eux aussi un mail à trois autres, sans omettre d'indiquer le lieu et l'heure du pique-nique. Ça multipliait les individus tout en restant dans les clous d'une certaine complicité, les joies de l'inconnu par affinités.

Je discutais depuis un bon quart d'heure avec Jim, un jeune basketteur américain qui avait trouvé refuge entre Dan et moi et qui, sans se départir de son air ébahi, trouvait tout *crazy* à Paris. De la moindre odeur de boulangerie aux œuvres emblématiques de la culture française. *Crazy*. Sans se douter que parfois, sur le pas des portes, des êtres pressés ou malintentionnés diffusaient des senteurs artificielles. Jim parlait du génie de Cyrano de Bergerac (qu'il avait vu avec *Depardiou*), et Dan lui soutenait par défi qu'il avait tort de dénigrer la culture de son pays, qu'à ses yeux le monologue final de Rambo dans le film avec Sylvester Stallone était aussi puissant que celui de la mort de Cyrano.

Tu sais, quand il dit : *C'était pas ma guerre ! C'est vous qui m'avez appelé ! Et je suis revenu dans le monde, et j'ai vu ces larves m'attendre à l'aéroport. Qui sont-ils pour me faire des reproches ? Au combat on avait un code d'honneur…* C'est tout à fait dans le registre de la tirade finale de Cyrano : *Mais on ne se bat pas dans l'espoir du succès / Non ! non, c'est bien plus beau lorsque c'est inutile ! / Qu'est-ce que c'est que tous ceux-là ! – Vous êtes mille ? / Ah ! je vous reconnais, tous mes vieux ennemis !* Je te jure, d'un point de vue stylistique, la presque mort de Rambo vaut la mort de Cyrano !

Maintenant, Jim m'interrogeait sur le nom de notre groupe.

Peggy Sage est une référence à un film de François Truffaut, lui ai-je dit. Il y a un côté british qui va bien à notre musique.

Vous passez en concert ?

Dan a répondu qu'un concert était prévu le mois suivant, qu'il aurait dû y en avoir un le mois précédent mais qu'il avait été déprogrammé.

J'ai expliqué :

Il y a des salles qui font toute une affaire des préventes. Ils te font signer un papier disant que le concert peut être annulé si on n'atteint pas trente réservations une semaine à l'avance. La dernière fois, le concert a été annulé parce qu'il y avait pas mal de choses à Paris, un match de l'équipe de France de football et Nick Cave salle Pleyel.

Il y a toujours quelque chose en même temps, a soupiré Dan, avant d'ajouter en guise de consolation : De toute façon, Nico n'est jamais satisfait des concerts.

Ce qui ne me satisfait pas, ai-je précisé, c'est que c'est beaucoup de travail et d'angoisse pour un moment très court, et que le lendemain, il ne se passe strictement rien. Il y a tout à refaire pour décrocher une nouvelle date. On n'a jamais atteint le niveau où les choses deviennent faciles.

Crazy ! a ponctué l'Américain.

Et puis Nico se plaint tout le temps du son, a repris Dan. À chaque fois il y a des tensions avec l'ingé-son de la salle.

On n'a pas les moyens de se payer notre propre ingé-son, ai-je maugréé. Alors on est tributaires de celui de la salle. Il nous fait le même son pourri qu'il fait à tout le monde.

D'un geste de la main, j'ai tenté d'évacuer le sujet.

La dernière fois, a insisté Dan, Nico est allé voir l'ingé-son et lui a dit : Je ne veux pas que le son soit mauvais ou bon, je veux qu'il soit loyal.

L'Américain a détourné le regard. Trois jeunes gens enjambaient un groupe d'amis assis en tailleur pour avancer dans notre direction. J'ai reconnu Andreas, accompagné de deux filles, dont Laura. Mon cœur est parti au quart de tour. Je n'avais pas revu Laura depuis la soirée du 31 décembre. J'avais passé la première semaine de l'année à m'exploser les yeux sur toutes les photos d'elle que je trouvais sur les réseaux, et avais disséminé sa silhouette et le trouble persistant qu'elle me procurait dans des ébauches de chansons. Un soir, après un tirage de cartes favorable, j'avais erré dans les rues comme un possédé, persuadé de tomber sur elle, mais ça n'était pas arrivé. Alors j'avais lutté de toutes mes forces pour que ne disparaisse pas trop vite la sensation de son visage. Ni la réalité magique d'une existence à chérir dans le brouhaha constant de la ville, et dans la nouveauté permanente.

Laura se tenait maintenant devant nous. Elle a immédiatement contourné Dan pour s'asseoir à mes côtés, et je me suis senti aussi privilégié, touché par la grâce, que lors de ces moments rares où dès votre arrivée quelque part le chat de la maison vient spontanément s'installer sur vos genoux.

Ses yeux tiraient davantage vers le gris que dans mon souvenir. Elle s'est tournée vers moi et m'a adressé un sourire qui a coloré ma pâleur. J'étais contrarié qu'elle soit en compagnie d'Andreas, parce que je ne m'étais pas imaginé une seule seconde qu'Andreas et elle aient pu se revoir dans mon dos, mais j'étais trop désarçonné par l'émotion de la revoir pour m'oxyder de jalousie, et de toute façon Andreas a effacé mon froissement au cœur par une explication des plus simples, qui est arrivée sans tarder :

J'ai croisé Anne, une amie de ma cousine, et figurez-vous qu'elle était avec sa colocataire. Je me suis dit : Je connais cette merveille. Souviens-toi Nico, on a rencontré Laura à la soirée du nouvel an.

Je ne savais pas comment réagir. J'ai choisi la voie la plus naturelle, la plus stupide aussi, parce qu'elle me dévoilait tout entier. J'ai dit :

Bien sûr que je me souviens.

Qui peut oublier Laura ? a renchéri Andreas avec son habituel ton pince-sans-rire.

L'aura de Laura, a ajouté sa colocataire.

Anne était une fille mince, vive, des yeux un peu trop grands et une bouche à l'expression hébétée. Elle avait quatre mèches de cheveux aussi vertes que ses yeux, et je me suis fait la réflexion que s'il était question dans la vie d'accorder ses cheveux à ses yeux, il valait mieux être brun.

Dan a brandi une main dans les airs :

Moi je suis dans le groupe de Nico !

Ce qui était un peu bizarre, car Anne n'était pas censée savoir que j'étais dans un groupe.

Elle a regardé Dan sans le voir et a juste dit :

Cool.

Désolée de taper l'incruste, a-t-elle poursuivi, on revient d'une manif en soutien à celles qui militent contre la déforestation en Amérique du Sud et qui se font assassiner impunément. Plus de deux cents défenseurs de la nature ont été tués l'année dernière.

C'était ma première manif, a précisé Laura. Anne m'avait dit : Viens, on va faire un truc important cet après-midi. Franchement, je ne le regrette pas.

Toi aussi, tu étais à la manif ? ai-je demandé à Andreas.

Je savais que ce n'était pas son genre, à moins de participer à une manif en faveur des êtres pour qui rien n'est grave ou pénible dans l'existence. La manif des gens spécialement détendus.

Non, je suis tombé sur les filles par hasard, a-t-il répondu.

On a de la bière et du rosé, a proposé Dan.

Désolée d'arriver les mains vides, s'est excusée Laura.

Mon regard a croisé celui de Jim qui dévorait la situation des yeux, heureux d'assister au spectacle de la jeunesse parisienne qui grimpe sur les ponts avec pour seul prétexte l'arrivée des beaux jours.

Je vous présente Jim, ai-je dit. C'est un étudiant américain. Il est à Paris pour une compétition de basket.

Jim a fixé Anne avec un peu trop d'insistance, puis Laura, et il a soupiré de bonheur en secouant la tête de haut en bas, ce qui a fait rire les filles. Laura s'est levée pour demander une cigarette à sa colocataire. Quand Anne est venue s'agenouiller entre Dan et Andreas, je l'ai entendue pester contre ce dernier.

Allez, rends-moi mes chaussures !

Puisque je te dis que je les ai balancées dans la Seine.

Anne a haussé les épaules.

Laura portait une jupe grise et des escarpins, elle s'est adossée à la rambarde pour regarder les monuments s'éclairer dans la perspective du square du Vert-Galant, au-delà du Pont-Neuf. Je l'ai observée qui caressait son mollet gauche avec l'extrémité de son pied droit, puis tapoter les planches du bout de son escarpin, ses jambes nues illuminées jusqu'à l'entrebâillement de sa jupe quand les lumières rasantes d'un bateau-mouche passaient au-dessous de nous.

Anne a demandé :

Après l'apéro, ça vous dirait d'aller danser ?

Pieds nus ? a ricané Andreas.

On pourrait aller au Rosa Bonheur. Ou au Balajo, à Bastille. Tu dois connaître ? a-t-elle dit en me dévisageant.

Je ne savais pas pourquoi la fille aux cheveux verts pensait que je devais connaître la boîte de nuit dont elle avait parlé. J'ai soutenu son regard, dans l'idée maladroite de me faire aimer d'elle.

Je n'y suis jamais allé mais je sais qu'il y a des soutiens-gorge accrochés au plafond.

Comme partout, a dit Dan. Que croyez-vous que sont les nuages pour les étoiles ?

C'est tout ce que tu sais ? a demandé Anne, toujours à mon intention.

J'ai répondu :

C'est tout ce que je sais de la nuit.

J'ai entendu le petit rire étouffé de Laura. Je prenais le risque qu'elle me trouve mortellement pédant. Après tout, si ça me plaisait de m'exprimer dans la vie comme dans les romans. Il ne se disait jamais rien d'intéressant dans la vie. Du moins, personne ne vous disait concrètement les mots que vous auriez aimé entendre. Je me retrouvais toujours en silence à réécrire les dialogues. Sans cesse. Mettre des mots sur les directions possibles. Par exemple, à ce moment, Laura se serait à nouveau serrée contre moi et m'aurait dit au creux de l'oreille : Je ne veux pas que tu me quittes de toute la soirée. Si d'autres personnes viennent me parler, sache que c'est toujours à toi que je pense.

C'était la réplique que je lui avais imaginée, mais elle n'est pas revenue s'asseoir près de moi. Elle a simplement dit :

Alors, on lève l'ancre ?

4.

Rue de Lappe, nous avons mangé des pizzas en stagnant sur le trottoir. Les restos étaient bondés, et il faisait trop chaud pour s'entasser autour d'une table graisseuse sous un ventilateur. Ensuite, nous avons rejoint la file d'une dizaine de personnes qui patientaient devant le Balajo. Jim a accaparé l'attention des filles, il parlait beaucoup, avec volubilité, puis sombrait tout à coup dans un silence repu, comme s'il venait de faire trois tours du quartier au pas de course avec des mots, heureux d'avoir participé à une bonne conversation. Quand Anne ou Dan racontaient quelque chose, il ponctuait avec ses habituels *Crazy !*, si bien que j'ai pensé que si j'avais été Vince MacMahon, je lui aurais choisi pour surnom, au moment d'entrer sur le ring, celui de « Crazy Jim ». Anne était déterminée à lui parler politique. Le mâle blanc dominant, l'impérialisme aveugle, la ségrégation raciale, c'était la même chose en France, en plus hypocrite, soutenait-elle avec véhémence. Dans le mouvement qui nous pressait vers l'entrée du Balajo, Laura a cogné doucement une de ses épaules nues contre l'un de mes bras. J'étais juste un peu plus grand qu'elle, ainsi dans ce rapprochement j'ai pu humer l'odeur de ses cheveux, admirer le dessin de ses paupières. Elle s'est retournée pour participer de tout son être à une bribe de conversation, dire quelque chose qui lui importait, et a trouvé mon regard qui n'avait pas cessé de la fixer ; alors elle m'a adressé un sourire qui a été comme un agrandissement de ma présence dans ce monde.

Je pensais que les pieds nus d'Anne poseraient un léger problème, mais la physionomiste n'a pas eu l'air de le remarquer. Elle a fait danser au coin de ses lèvres une fossette qui à elle seule était un laissez-passer, puis lui a tamponné l'intérieur du poignet en la dévorant des yeux. Quand ç'a été mon tour, la fille m'a saisi le bras rudement et l'a encré comme si j'étais un bout de viande qu'il fallait marquer, rien de plus.

Elle est incroyable, a dit Anne, j'espère qu'elle nous rejoindra après.

Une fois dans les entrailles de la salle, nous avons très vite perdu Andreas qui, comme à son habitude, était tombé sur plusieurs connaissances et s'était mis à passer de banquette en banquette pour saluer plus ou moins brièvement, tel un membre de la famille royale en visite dans le Commonwealth.

Nous sommes allés nous installer aux abords de la piste de danse. Il y avait de la musique cubaine et Anne, qui était une bonne danseuse, s'est insérée parmi les jeunes gens qui se déhanchaient. Je suis allé danser dix minutes parce que Laura est venue me prendre la main pour m'entraîner à sa suite, mais je n'aimais pas la façon dont mon corps bougeait, je le trouvais malhabile, sans grâce, même si, quand j'étais enfant, j'étais toujours prêt à me prendre pour John Travolta dans les spectacles de fin d'année. En revanche, j'adorais l'idée que Laura m'emporte avec elle, qu'elle me tienne la main, que nos deux bras soient le prolongement d'un élan et d'une direction identiques. Puis je suis retourné m'asseoir. Je ne peux pas dire que je m'ennuyais, mais je trouvais que le temps passait plus longuement en boîte de nuit que sur scène, lors d'un concert. À un moment, j'ai cherché Laura sur la piste, avant de penser qu'elle était peut-être allée griller une cigarette. J'ai erré dans le fumoir mais l'odeur était trop agressive. J'ai passé une tête à l'extérieur. Je l'ai vue, adossée à un mur, occupée à frotter le dessous de son poignet avec son pouce qu'elle venait d'humecter. Quand elle a remarqué que je me tenais près d'elle, elle a dit pour expliquer son geste :

Je déteste ce truc. Y a des gens qui ont été marqués comme du bétail. C'est répugnant qu'on puisse encore accepter ça.

Ah, ai-je fait.

Tu en veux une ?

Non merci, je ne fume pas.

Elle a hoché la tête, l'air de dire « Bon, OK, je vois », puis après un silence elle m'a demandé :

Alors, c'est quand ?

Sa spontanéité m'éblouissait. Ses cheveux longs et lisses auraient fait cachette à nos baisers, comme les saules pleureurs dans les jeux d'enfants. Je savais qu'elle était consciente du pouvoir que sa beauté exerçait. Des foudroiements que c'était. Aussi, par un dérisoire effet de mise en garde, ses yeux ont pris la couleur de l'orage.

C'est quand quoi ? ai-je dit avec appréhension.

C'est quand que je viens te voir chanter ?

(J'ai accusé une petite déception, j'aurais préféré : C'est quand qu'on s'embrasse ?)

Ah, ça…

Ou plutôt, a-t-elle nuancé avec malice, c'est quand que je viens te voir interpréter tes textes ?

J'ai été soufflé qu'elle se soit souvenue de la précision que j'avais apportée à la soirée du 31 décembre. Cinq mois étaient passés. Je l'ai pris comme une marque d'intérêt, alors que c'était peut-être juste une fille qui avait une mémoire de dingue, qui avait été sélectionnée pour les compétitions junior de *Questions pour un champion*, qu'est-ce que j'en savais ? Je ne savais rien de sa vie. Le cruel impact de ce constat me percutant de plein fouet, j'ai décidé de me fixer sur l'idée qu'elle me portait un grand intérêt, entrant ainsi de mon plein gré dans la fiction de l'amour.

On devait jouer dans un mois, mais on se prend beaucoup la tête avec le groupe, je ne sais pas si on jouera.

J'ai attendu un commentaire de sa part, une réaction de commisération ou d'empathie. Comme rien n'est venu, j'ai rompu le silence en déclarant :

Tout système a une fin.

Laura a froncé les sourcils comme si elle était vraiment concernée par ce que je venais de dire. Elle a demandé :

Même le Système solaire ?

On a émis en même temps deux courts soupirs amusés.

Attends, ne bouge pas, fais un vœu !

Elle a scruté mon visage avec avidité. Un cil avait atterri sur une joue, mais laquelle ?

Suivant la trajectoire de ses yeux, j'ai balayé d'une main ma joue gauche, sans parvenir à chasser le cil du premier coup. Tant mieux, mon vœu avait été précipité, imprécis. Elle m'a autorisé à recommencer, et la seconde fois j'ai utilisé à merveille l'étendue du pouvoir qui m'avait été conféré. Un vœu ne se révèle pas, mais le voici quand même : « Qu'une fois au moins dans son existence, cette fille me donne un long et puissant baiser. »

Se souvenant que lors de notre première rencontre j'avais mentionné David Bowie, Laura a voulu savoir quelle était ma chanson préférée. Difficile à dire. C'était par périodes. En ce moment, j'écoutais une chanson des années 80, assez méconnue et que j'aimais beaucoup : *Loving the Alien*. Mais, sans avoir la moindre idée de ce qui motivait ma réponse, j'ai dit :

China Girl.

Elle a eu l'air de trouver mon choix un peu bizarre, un brin décevant.

Ta préférée, vraiment ? À cause du clip, je suppose. La séquence finale sur la plage…

Non, j'aime son énergie. Et toi ?

J'ai toujours adoré ces conversations où le moindre choix semble être crucial, défendre un style de vie, et vous allier ensemble, le temps de l'échange, contre le reste de l'univers.

J'hésite, dit-elle. Peut-être *Five Years*, et *Wild is the Wind*.

J'ai aussitôt saisi la perche qu'elle me tendait :

Sans vouloir faire mon intéressant, j'aimerais porter

à ta connaissance que *Wild is the Wind* est une reprise de Nina Simone.

Ah oui, m'a-t-elle lancé avec un petit air de triomphe espiègle, tu veux dire que dans le cas de *Wild is the Wind*, Bowie n'interprète pas vraiment son texte ?

Durant cet échange, je n'ai pas perdu une seule seconde de son visage. Je me suis enivré de sa présence. La cigarette qui s'est consumée entre ses doigts m'a procuré l'inéluctable détresse du chronomètre dont les derniers temps précipitent la fin de partie.

Quand je suis retourné dans la boîte de nuit, la tête me tournait, comme lorsqu'on se lève trop vite. Je me suis assis sur la banquette, et il n'y avait plus personne, ni Jim ni Dan, à l'exception d'Anne qui parlait avec une fille et essayait de la convaincre de quelque chose :

Allez, quoi !

Je ne sais pas si j'en ai vraiment envie, je…

La fille était dans le même état esprit qu'une orange quand elle s'aperçoit qu'elle a roulé pour se retrouver à côté du pressoir.

J'ai alors vu Anne se pencher vers elle et lui fourrer sa langue dans la bouche. Timide et abasourdie, la fille s'est laissé faire. J'ai eu l'impression qu'Anne l'avait forcée, après l'avoir vraiment intoxiquée avec son désir de l'embrasser, et je lui en ai voulu. C'était stupide de la juger parce que je ne la connaissais pas, mais tout ce qui me paraissait forcé me rendait malade, par tempérament, et aussi certainement parce que je n'avais jamais été capable de forcer quoi que ce soit, ni une bouche à embrasser, ni la chance à saisir, pas plus que le destin à étreindre.

5.

Nous nous sommes retrouvés dehors à 3 heures du matin, Andreas, Dan, Jim, les deux filles et moi. Anne et Laura ont proposé qu'on aille boire un dernier verre chez elles, on pourrait aussi y dormir un peu, elles partageaient un grand deux-pièces qui donnait sur la place de la Nation. Andreas et Jim se sont montrés très enthousiastes. Anne a mis les points sur les i :

Il y a un canapé et de la moquette confortable dans le salon.

Jim a dit que ça ne le dérangeait pas de dormir sur le sol. Qu'il en avait l'habitude. Anne était très joyeuse malgré la fatigue, sans doute le triomphe d'avoir embrassé cette fille.

Tu l'as convertie ou quoi ? a demandé Andreas.

Non, je lui ai montré ce que c'est qu'un véritable baiser !

Tu aurais préféré que ce soit la fille de la porte ? a demandé Laura.

La physio ? Merde, a répliqué Anne en jouant les innocentes, j'étais persuadée que c'était la physio ! Putain d'obscurité !

Laura s'est mise à rire et son rire l'a déséquilibrée pour la propulser doucement contre moi, ce qui l'a amenée à enrouler son bras dans le mien, l'obligeant à se plier et à revenir contre mon ventre, et nous avons avancé comme ça, attrapant la rue du Faubourg-Saint-Antoine depuis l'angle avec la rue de Charonne. C'était une nuit sans étoiles, gonflée artificiellement à la testostérone des lampadaires. Il n'y avait jamais de silence le long de la rue du Faubourg-Saint-Antoine, la moto d'un livreur qui pétaradait, un cri isolé qui perçait avant de s'évanouir, un grondement diffus, comme si un silence de plus de trente secondes pouvait rayer cette ville de la carte de France. On n'aurait jamais plus trouvé Paris dans le lexique des capitales, entre Paramaribo, capitale du Suriname, et La Paz, en Bolivie.

Je me suis demandé quand Laura allait lâcher mon bras et cette idée m'a hanté. Dans une minute ? trois minutes ? Andreas était trop bourré pour faire son intéressant, et cela m'a rassuré. Mais je n'arrivais pas à profiter du moment, l'idée que Laura me lâche le bras, l'idée de la fin de l'instant magique en pourrissait par avance la saveur.

Le vent s'est levé, peut-être était-ce l'heure la plus fraîche de la nuit, et j'ai détesté Jim quand il s'est échappé de ce que lui racontait Dan pour arriver à notre hauteur et proposer à Laura de lui prêter son gilet :

Je te regarde marcher devant moi, les épaules nues, tu dois avoir froid.

Et j'ai détesté Laura quand elle a accepté. Elle s'est détachée de moi pour attraper le gilet, et Jim a insisté pour lui en couvrir les épaules. J'ai eu la sensation d'avoir chuté très bas, quelque part près du caniveau.

De renouer avec tout ce qui me déplaisait dans cette ville : les détritus, la puanteur, les abrutis à cinq dans une voiture qui nous dépassaient en hurlant des insanités ou en nous aspergeant d'appels de phares.

Jim est revenu sur ses pas pour poursuivre sa conversation avec Dan, heureux et satisfait de voir déambuler devant lui cette fille magnétique avec son gilet sur les épaules, comme le type qui découvre une planète inconnue et qui ne connaît pas la tranquillité tant qu'il n'a pas fait flotter un drapeau sur son sol.

Nous sommes entrés dans l'immeuble qui se situait dans une rue satellite de la place de la Nation. Il y avait un grand miroir dans le hall, tout le monde s'est plus ou moins regardé dedans, ravi de la dégaine flatteuse qu'il réfléchissait. Jim a exécuté quelques dribbles avec un ballon de basket imaginaire, et est venu toucher le haut de la tête de Laura qui, instinctivement, a fait un pas de côté en riant. Nous avons gravi bruyamment les étages, et les « chut » autoritaires d'Anne ont fini par être plus sonores que nos rires et nos pas.

Puis Anne a attrapé son jeu de clés, qui est tombé par terre avant d'atteindre la serrure, provoquant une nouvelle avalanche de rires, et nous nous sommes engouffrés dans l'appartement tous ensemble et de manière précipitée comme dans les comédies des Marx Brothers.

Le salon avait des allures de capharnaüm subtil, sublimé par les moulures aux plafonds. Une table basse avec un aquarium ovale à moitié rempli de mégots de cigarettes, des bouteilles de bière décapsulées un peu partout, un giga-pot de Nutella avec une grande spatule emplâtrée dedans. En comparaison, la chambre était d'une grande netteté. Anne a entrebâillé la porte et a allumé une lampe à abat-jour afin que nous puissions admirer le papier peint aux motifs floraux qui les avait en partie décidées à prendre l'appartement. L'autre partie, c'est qu'il était situé rive droite, car il était inconcevable pour Anne et Laura de s'établir chez les bourges endormis de la rive gauche.

J'ai contemplé les fleurs sombres, vertes, bleues et vénéneuses du papier peint qui grimpaient le long du mur, et me suis imaginé faire l'amour avec Laura sur ce grand lit bas, enlacés l'un dans l'autre, nos deux corps s'élevant à la verticale comme deux pousses exotiques.

Deux photos encadrées ont attiré mon attention, dont l'une était la couverture du magazine *Égoïste*, avec Warhol photographié torse nu par Richard Avedon, exhibant tel saint Sébastien les cicatrices de ses blessures après qu'une illuminée, Valerie Solanas, lui avait tiré dessus à bout portant.

On adore toutes les deux cette photo mais pas pour les mêmes raisons, a précisé Anne. Laura est du côté de Warhol, et moi de celui de Solanas parce que c'était une activiste féministe radicale.

Vous vous êtes bien trouvées, ai-je conclu.

Tu aurais pu être une égérie warholienne, a dit Jim en regardant Laura.

Dan, galvanisé par son rapprochement entre Cyrano et Rambo, a commencé à comparer Charlotte Corday et Marat à Solanas et Warhol, mais il a bien vu que son auditoire était trop fatigué pour faire ne serait-ce que semblant de s'intéresser à ses parallèles, et il a laissé mourir sa phrase sans que quiconque y voie un motif de châtiment.

La deuxième photo, accrochée au-dessus du lit, représentait Serge Gainsbourg installé au piano, le visage mangé par une volute de gitane. En me voyant m'approcher avec intérêt, Anne a dit :

Ça, c'est Laura toute seule. Elle le vénère. Le mec est mort, elle ne peut pas l'avoir dans son lit, alors elle le met au-dessus de son lit.

Laura et moi avons échangé un regard.

Allez ouste, ce n'est pas pour les garçons ici, a ensuite lancé Anne en s'approchant de la porte pour nous propulser à nouveau dans le salon.

Après un dernier verre – Vodka ? Rhum ? –, Anne s'est éclipsée un bon moment pour aller décaper la plante de ses pieds crasseux des rues parisiennes, puis les filles ont rejoint leur chambre en laissant la porte entrebâillée.

Andreas s'est écroulé de tout son long sur le canapé, Jim, d'humeur égale, sur le sol, et Dan et moi avons déplié des couvertures et des plaids sur un tapis moelleux en guise de matelas. Au moment où Laura traversait la pièce pour aller chercher un verre d'eau, Jim étendu bien droit sur le parquet, les yeux rivés au plafond, a dit :

Ça ne m'ennuie pas de dormir par terre, mais si une des filles me propose de la rejoindre alors ça ne m'ennuiera pas non plus de dormir dans le lit.

Il avait dit ça en anglais, ce que j'ai pris pour de la délicatesse, dans la mesure où on pouvait faire semblant de ne pas avoir compris.

Laura est retournée dans la chambre sans un commentaire. J'ai contemplé ses jambes nues. Je les ai vues passer encore une fois dans l'embrasure de la porte avant que la lumière ne s'éteigne pour de bon.

Dan a tendu le bras pour actionner l'interrupteur et, pour justifier son geste, a dit :

Bonne nuit.

Andreas ronflait. Dans l'obscurité, Jim a demandé à voix basse :

Vous croyez qu'elles couchent ensemble ?

J'ai répliqué :

Je ne sais pas. Je ne pense pas.

Un léger *Crazy !*, moins appuyé que d'habitude, s'est fait entendre. Le basketteur américain venait de sombrer dans le sommeil.

Après un silence de trois bonnes minutes, la respiration hésitante de Dan s'est imposée :

Nico, tu crois vraiment que c'est la fin du groupe ?

Pourquoi tu dis ça ?

Les autres pensent que tu n'y crois plus.

Je ne sais pas moi-même, ai-je répondu avec sincérité. On n'y arrive pas. Ça fait cinq ans qu'on est tous à Paris pour nos études, qu'on a du temps pour le groupe, et on n'y arrive pas. Ce qu'on veut vraiment n'arrive pas.

Tu veux dire, le succès ?

Un concert tous les deux mois, sans perspectives par la suite, ça nous use à petit feu. S'il ne se passe rien de décisif, chacun trouvera d'autres préoccupations.

Toi ?

Non. Vous. Moi, je n'ai pas d'autres préoccupations.

Et ton mémoire ?

Tu parles ! Tiens, en travaillant sur mon mémoire je suis tombé sur une phrase de Deleuze dans son livre sur Bacon. Il dit : « En vérité, le seul spectacle est celui de l'attente ou de l'effort, mais ceux-ci ne se produisent que quand il n'y a plus de spectateurs. »

Dan a soupiré. Puis a demandé :

Pourquoi commence-t-il ses phrases par « En vérité » ? Il se prend pour le Christ ou quoi ?

Hum…

Elle est super, non ?

La phrase de Deleuze ?

Non, la fille, a-t-il corrigé en désignant la porte de la chambre entrebâillée d'un mouvement du menton que j'ai parfaitement distingué.

Anne ? Oui, elle est super.

Je parlais de Laura.

Oui.

Et comme il ne s'est rien passé après ma réponse, j'ai ajouté :

Dors, il fait jour.

6.

J'ai regardé l'heure sur l'écran de mon téléphone. Il était presque midi. Je me sentais nauséeux, un niveau de migraine comme on entre jusqu'aux genoux dans l'eau d'un lac salé. Je ne savais pas si je devais passer par la case salle de bains ou rentrer directement chez moi, me décrasser la tête en traversant Paris.

J'avais très envie de pisser. J'évitais toujours d'y aller chez les autres, au nom d'une pudeur excessive. Un jour, je m'étais tellement retenu que lorsque j'étais rentré chez moi à l'issue d'un long week-end, j'avais pissé un fleuve entier. Or, avec tout ce qu'on avait ingurgité la veille, sur le pont des Arts, dans le club, puis dans l'appartement des filles, je n'en pouvais plus. Ça m'avait empêché de dormir.

Je me suis levé pour me diriger vers ce qui m'a semblé être la salle de bains, j'ai ouvert une porte et je suis tombé sur Dan qui, dans sa chemise blanche froissée, se regardait dans la glace au-dessus d'un lavabo. Il m'a aperçu dans le reflet, et s'est retourné en sursautant.

C'est toi ? Tu m'as fichu une de ces trouilles !

Il tenait dans sa main droite une brosse à dents électrique.

Je ne sais pas comment vous faites avec ces machins, mais j'en sors tout le temps avec des taches de dentifrice sur mes vêtements. Ça doit être la force giratoire.

Ne me dis pas que tu t'es servi de cette brosse ?

Si, et alors ?

J'ai répondu à son étonnement en l'interrogeant à mon tour, mais sans l'usage des mots, à l'aide d'une expression stupéfaite.

Il a dit, comme s'il n'avait pas compris la mesure de mon indignation :

Ça doit être à une des filles. Ou les deux. C'est comme si je les avais embrassées par procuration, tu vois ?

Non je ne vois pas, mais je ne pense pas que ta copine aimerait voir ça non plus, tu vois ?

Je m'étais exprimé avec trop d'agressivité, et aussitôt la phrase prononcée, je l'ai regretté.

Il m'a dévisagé longuement, comme pour scruter les raisons profondes de mon agacement – il n'y avait pas à creuser bien loin –, puis a décidé que l'incident était clos en haussant une épaule.

Tu voulais prendre une douche ?

J'ai fait non de la tête.

Je vais rentrer, ai-je dit.

Tu as vu qu'Andreas est parti ?

Ah ?

Peut-être qu'il n'est pas vraiment parti, peut-être qu'il est dans la chambre…

Cette idée m'a terrifié. Une sensation de nausée m'a submergé. En manque d'air, j'ai dit pour faire diversion :

L'Américain est toujours rivé au plancher, lui.

J'espère que sa compétition de basket n'a pas lieu aujourd'hui.

Je crois que c'est demain.

Merde ! Tu penses qu'il aura récupéré ?

Oui. C'est un Américain.

En quittant l'appartement, j'ai essayé de fuir du regard l'embrasure. Faire l'impasse sur la pensée qu'Andreas s'y trouvait. Avec une des filles, ou les deux.

Pour la première fois, j'ai pensé qu'il m'avait menti. Menti pour me protéger, la veille, sur le pont des Arts. Peut-être que Laura et lui ne s'étaient pas du tout retrouvés par hasard.

Dehors, le temps était en train de tourner au vinaigre. L'été précoce n'était qu'un faux espoir. Un kiosquier, sentant venir la pluie, recouvrait ses journaux de film plastique. J'ai décidé de descendre vers le fleuve. J'oubliais souvent que la ville était traversée par un fleuve. Le fleuve n'avait aucune importance dans ma vie. Il était asséché par son manque de surprise et d'utilité, supprimé par l'efficacité du métro et des automobiles. Parfois en févier, il y avait une crue qui inondait les quais au niveau de l'île Saint-Louis, noyait comiquement un lampadaire en contrebas dont on ne voyait plus que la tête obstinée, ça durait moins d'une semaine et ajoutait un cliché dans l'océan inutile de photos qui encombraient la mémoire de mon téléphone. Les véritables fleuves étaient les boulevards, les avenues et les rues, et leur navigation de nuit. Comme hier, le long de la rue du Faubourg-Saint-Antoine au plus près de Laura, fragile embarcation.

Deux heures plus tard, devant le café de l'Institut finlandais en face du musée de Cluny, je suis tombé sur Inès, une de mes premières amies rencontrées à la Sorbonne, une des rares avec lesquelles j'étais resté en contact. Les premières années de fac, je changeais tout le temps d'orientation, il y avait une quantité astronomique d'équivalences, de jonctions, un véritable Scenic Railway d'UE, d'UV, de départements, vous pouviez picorer à votre guise à droite et à gauche, devenir testeur de destins sans jamais avoir à vous décider. Buffet à volonté de spécialités, self-service de trajectoires.

Inès et moi aurions pu coucher ensemble à un moment, en première année. Tout juste sortis du lycée, nous étions tous pleins de désirs et de pensées sexuelles, avions dorénavant pour la plupart des studios ou des chambres à disposition. Il en était fini de la contrainte de devoir le faire à certaines heures de l'après-midi ou attendre que les parents partent en week-end, ou de le faire de manière pressée et anxieuse dans une chambre à l'étage, tandis que vos amis sont en train de se pochetronner au rez-de-chaussée et qu'il y a toujours la possibilité que le relou de service ouvre la porte à un moment inopportun.

Inès me plaisait et j'avais senti une attirance réciproque sans que nous soyons pour autant nos idéaux en matière de relation amoureuse. Mais nous savions rire des mêmes choses, aimer les mêmes films, et nous ennuyer de la même manière dans des soirées barbantes pleines de gens prétentieux (j'imagine qu'il existe des individus qui se marient pour moins que ça). Cela étant, quelque chose n'avait pas fonctionné, l'impatience des corps n'avait pas vibré au même moment, il y avait toujours chez l'un un détail qui décourageait l'autre, l'incitait à renoncer, à ne pas porter plus loin la suggestion.

Inès m'a trouvé fatigué.

Nico, je ne t'ai jamais vu avec de tels cernes. On dirait que tu as passé toute la nuit à te battre à mains nues contre un incendie.

J'ai répondu que je sortais d'une nuit blanche à Nation. Que je trouvais la place de la Nation affreusement mélancolique.

Elle a plissé les yeux.

J'ai toujours pensé que tu portais sur toi la mélancolie de la même manière que les break dancers des années 80 portaient leurs stéréos.

Je lui ai envoyé un pâle sourire.

Elle a poursuivi :

Tu te souviens que la première fois qu'on s'est rencontrés, tu m'avais parlé de l'Insulinde ?

L'insuline ?

Non, l'Insulinde. La Malaisie, si tu préfères. Tu m'avais dit que la mélancolie avait été inventée par les panthères noires d'Insulinde. Au départ, ça m'avait un peu heurtée que tu me parles des panthères noires. Je pensais que c'était en rapport avec ma couleur de peau. Je me disais : C'est qui cet abruti ? Est-ce que dès que je rencontre un mec blanc je vais lui parler de coulommiers ?

Ah, je n'avais pas pensé à ça. Pardon. Je veux dire, je ne t'avais pas parlé de ça pour ça.

Oui, je sais bien. Bref, tu m'avais dit que les panthères avaient inventé la mélancolie et qu'elles l'avaient apportée jusqu'à nous. Elles l'avaient déposée sur les vérandas des maisons.

Je ne sais pas pourquoi j'ai lancé cette conversation.

Ne t'excuse pas, ça m'avait beaucoup intéressée.

Je crois que tu me plaisais. J'essaie toujours de dire des choses intéressantes aux personnes qui me plaisent. Parfois, comme je n'ai rien d'intéressant à dire, je tente des trucs.

Tu es toujours à la fac ?

Oui. Je travaille sur mon mémoire. Et toi ?

Je pars à la fin du trimestre à Berlin, pour faire un master en histoire du patrimoine.

Ah. Super !

J'ai aussitôt ajouté, avec un air désolé :

On ne se verra plus…

On ne se voit déjà plus.

Oui. Pardon, tout passe si vite.

On se verra par hasard.

C'est bien aussi. Ce sont les meilleures rencontres.

Ton mémoire, c'est sur quoi ?

Francis Bacon. Il a peint des crucifixions et des lavabos. Il a fait glisser le mystère de Cimabue dans les bars de Londres.

Oui, je connais sa peinture. Il y a une expo à la rentrée. J'ai vu de grandes affiches à Sèvres-Babylone. Ça commence en octobre, je la manquerai.

Eh bien figure-toi, Inès, que grâce à cette expo, j'ai pu gratter un peu de temps pour la remise de mon mémoire.

Cool.

Oui, enfin, en t'en parlant, je m'aperçois que je ne

fais que ça, gagner du temps. Pour qu'en définitive, il ne se passe rien de plus spectaculaire.

Tu voudrais quoi ?

Je ne sais pas. Quand j'observe les gens de notre âge, j'ai l'impression que la plupart se dirigent vers une petite vie médiocre. Et que la plupart s'en contenteront.

Inès n'a pu s'empêcher de m'adresser un sourire moqueur en me demandant :

Qu'est-ce que tu entends par *petite vie médiocre* ?

Je ne sais pas. Par rapport aux espoirs, aux grandes idées qu'on avait tous à dix-huit ans. J'ai l'impression que, cinq ou six ans plus tard, c'est cuit.

Tu voulais quoi en sortant du lycée ? Réussir dans la musique ?

Non. Je n'ai jamais voulu réussir. Mais faire des chansons avec mon groupe, pouvoir en vivre, oui.

Et alors ?

Ça n'arrive pas. C'est mort. Les personnes qui auraient pu s'intéresser à nous et changer la donne n'en ont rien à battre. Tous ces gens qui font la pluie et le beau temps nous assassinent de leur pouvoir maussade et de leurs commentaires qui n'ont rien à voir avec la création.

Tu as toujours trop attendu des autres. Je te revois en première année traîner dans les couloirs avec ton air sombre et ta redingote achetée aux puces de Saint-Ouen. Tu étais blessé en permanence.

J'ai répliqué dans un sourire :

Je crois que les gens nous bernent plus qu'ils ne nous blessent.

Eh bien, si j'étais ton médecin traitant je te déconseillerais les nuits blanches. Tu es amoureux en ce moment ?

C'est quoi cette question ?

C'est une question qu'on se pose tous les jours. C'est la meilleure question.

J'ai rencontré une fille il y a quelques mois. Je l'ai revue hier soir. J'étais chez elle cette nuit.

Et alors ?

Oh, il ne s'est rien passé. Une fois de plus. Enfin si, il s'est passé des choses, mais dans les silences, les regards. Comme une autre vie. Invisible à soi et aux autres.

Tu lui plais ?

De mon point de vue des silences, oui.

Si tu étais chez elle hier soir…

Je n'y étais pas seul. On était toute une tribu, on rentrait d'une soirée en boîte de nuit, à Bastille. C'était l'appart le plus proche pour se poser. Sa colocataire était avec nous aussi.

C'était comment, chez elle ?

J'ai réfléchi quelques secondes pour me resituer en pensées dans l'appartement. J'étais encore en train de me focaliser sur cette foutue porte entrebâillée. Elle me barrait le passage de quelque chose que je ne voulais pas savoir et que je suspectais pourtant. La dure et brûlante réalité des autres. Qui vous dépossède de vos illusions.

C'est comme avec les chansons, ai-je prononcé. La musique, c'est sortir des forêts sombres pour aller répéter des chansons qui ramènent au cœur des forêts sombres.

OK, mais chez elle, c'était comment ?

Une image m'est revenue instantanément. J'ai dit :

Il y avait une gigantesque photo de Gainsbourg au-dessus de son lit.

Inès a déclaré :

Tu sais ce que je ferais, moi, si j'étais dingue amoureuse d'une fille que je veux séduire et dont je connais l'adresse ?

J'ai écarquillé les yeux, suspendu à ses lèvres.

Je ferais ma panthère noire d'Insulinde.

Arrête, je te dis. Je t'ai déjà demandé pardon.

Non, Nico, je suis sérieuse. Mais au lieu d'apporter ma mélancolie sur sa véranda, je lui apporterais un morceau de mon cœur. Dans une lettre, par exemple. Pas un mail, une véritable lettre.

J'ai réfléchi, puis répondu :

Van Gogh a apporté un bout d'oreille à une fille et on ne peut pas dire que ça a franchement amélioré sa condition.

En me séparant d'Inès, sur le boulevard Saint-Michel, l'idée d'écrire à Laura a commencé à faire son chemin.

Repensant à la photo de Gainsbourg encadrée dans sa chambre, je me suis remémoré les images du jour de sa mort qu'on trouvait sur YouTube. Tous ces jeunes gens orphelins d'une façon d'arpenter la vie, la poésie, la provoc, les amours absolues (tant qu'elles durent), et qui autrefois étaient allés se recueillir devant son hôtel particulier, rue de Verneuil, ou sur sa tombe, au cimetière du Montparnasse, parmi des quantités de fleurs, d'objets, de poupées à son effigie.

J'ai décidé d'aller faire un tour au cimetière, à la recherche d'un signe comme le jour où j'avais découvert le nom Huguenin sur le socle de la statue de Valentine Visconti. Un signe ou une impulsion. Un rien qui fasse sens.

7.

Je me suis dirigé vers la tombe de Gainsbourg, longeant les murs envahis de renouées grimpantes, lisant sans les connaître les noms inscrits dans la pierre, m'avançant pour découvrir le Christ en majesté sur le vitrail du caveau de la famille Gautier, contemplant l'acacia blanc qui dévorait les jambes de Marie Bedores.

Assises sur un banc à l'abri du tumulte des boulevards adjacents, deux étudiantes déballaient des sandwichs ; une dame aux cheveux gris remplissait une bouteille d'eau à l'une des fontaines Bayard, avant de disparaître, glissant telle une truite dans un dédale de pierres tombales et de parcelles de gazon mangées par des dents-de-lion. À l'entrée de l'avenue transversale, première division, un cantonnier qui frottait le sol poussiéreux à l'aide d'un balai m'a jeté un regard suspicieux. La tombe de Gainsbourg était jonchée d'une vingtaine de tickets de métro éparpillés, comme autant de pétales de roses, référence explicite à la chanson qui l'avait fait connaître du grand public : *Le Poinçonneur des Lilas*. Non loin, adossé à un soleil en pot, j'ai remarqué un chou sculpté. Une réplique en résine de la tête du personnage chimérique, œuvre de la sculptrice Claude Lalanne, qui avait inspiré au chanteur l'album *L'Homme à la tête de chou*. La tête semblait vouloir engager la conversation. Peut-être avait-elle un peu froid, plantée là ? Souhaitait-elle que je la déplace au soleil ? J'avais mon sac à dos Herschel sur une épaule, et je me suis dit que ce serait un beau geste de prendre cette tête de chou et de l'apporter à Laura, en plus de ma lettre. Pas tout à fait un larcin, plutôt un souvenir rapporté d'une visite au cimetière. Je ne me voyais guère dans le rôle d'un pilleur de tombes, n'ayant jamais rien volé de ma vie, ou alors si, une fois, un livre de poche dans un supermarché de la rue du Départ : *La Société de consommation*, de Jean Baudrillard. Au moment où, franchissant la caisse, j'avais été attrapé, dénoncé par l'œil impartial et liquide d'une caméra de surveillance, j'avais eu beau essayer d'expliquer le concept de l'ironie au vigile qui me tenait le bras et me forçait la main pour que je m'acquitte du prix de la société de consommation, je n'avais pas eu le choix, il m'avait fallu débourser les 9,20 euros inscrits sur l'étiquette. Les flics n'avaient pas été dérangés pour si peu. L'humiliation valait toutes les polices.

Je me suis approché de la tombe, ai ouvert rapidement la fermeture Éclair de mon sac, j'ai soulevé à deux mains la tête qui était bien plus lourde que je ne me l'étais imaginé, pensant, naïvement, au poids du légume, mais au moment où j'allais la mettre dans le sac, j'ai vu se dresser devant moi la silhouette menaçante du cantonnier. Pris la main dans le sac, si je puis dire.

J'ai rougi de honte, prêt à balbutier n'importe quelle excuse qui me serait venue à l'esprit, quand l'employé du cimetière a détendu son visage et m'a gratifié d'un sourire encourageant.

Ah, c'est bien. Vous vous décidez à la récupérer !

Pardon ?

Oui, j'en peux plus de tous ces trucs que les jeunes comme vous viennent déposer sur les tombes. Vous ne pouvez pas laisser les morts étendre les pieds tranquillement, non ? C'est pas la Samaritaine ici, c'est un cimetière. L'été dernier, j'ai visité les plages du Débarquement. On a beau dire, les Américains, c'est autre chose ! Leurs cimetières sont autrement moins bordéliques. Et encore, ici, le pire, ce sont les peluches. Les ours en peluche, quand ils ont pris la pluie et la grêle, ça moisit sur les tombes. Ça pourrit, ça s'effiloche. C'est dégueulasse. Et si on veut les enlever, on se fait engueuler par les passants. J'ai un ami qui travaille sur les ponts. Même chose, quand ils se débarrassent des cadenas accrochés par les amoureux, ils le font en toute discrétion, de peur de se faire taper dessus. Bon, la plupart, c'est des touristes, ils ne reviennent jamais pour vérifier que leurs amours sont encore scellées. Au cimetière, c'est pas possible, je ne sais pas si vous êtes allé voir la tombe de Duras, y a des stylos partout, on dirait la réserve d'une papeterie. Heureusement que le fondateur de Darty n'est pas enterré à Montparnasse, les gens viendraient mettre des grille-pain sur sa tombe.

Euh. D'accord. Je la reprends.

J'ai glissé à la va-vite la tête dans mon sac, et j'ai filé sans demander mon reste.

Quelques instants plus tard, j'ai dévalé le boulevard Raspail, encore surpris de la facilité avec laquelle j'avais pu obtenir cette réplique parfaite de la célèbre tête de chou. Le ciel était hostile. Le feuillage des arbres paraissait bien plus vert sous les nuages noirs. Pour toute menace, il s'est mis à bruiner. Des gouttelettes, pas plus désagréables que les brumisateurs installés aux terrasses des cafés prévoyants les jours de canicule. J'ai commencé à sentir le poids de la tête peser sur mon épaule. Un point entre ma colonne vertébrale et mon omoplate gauche m'a lancé. J'étais en train de glisser la bretelle en vue de tenir le sac à la main et de soulager mon dos, quand mon téléphone s'est mis à sonner. C'était Andreas. Il était au café du Vieux-Colombier où il avait réussi à obtenir une place assise sur la banquette en moleskine face à la rue, ce qui certains jours était mission impossible, et il me proposait de l'y rejoindre, si j'étais dans le quartier, pour ne pas gâcher la place.

À cette époque, j'étais tout le temps dans le quartier. Le quartier, c'était moi. Il m'avait fait naître à qui j'étais : un étudiant qui attend quelque chose qui ne vient pas, qui ne sait pas ce qu'il attend mais qui trouve délicieux d'avoir Paris pour décor à l'attente.

J'ai donc rejoint Andreas. Il était tout excité par une soirée qui aurait lieu le 21 juin pour la fête de la Musique dans un lieu fabuleux encore tenu secret.

Comment sais-tu que c'est un lieu fabuleux s'il est tenu secret ? Si ça se trouve, c'est juste un trou.

Il m'a regardé avec de grands yeux consternés.

J'étais contrarié parce que, avec Peggy Sage, nous allions probablement jouer pour la fête de la Musique ; enfin, une apparition d'une demi-heure ou de quarante minutes plutôt qu'un véritable concert ; quoi qu'il en soit, il était plus simple d'y convier Laura si toute la bande prévoyait de s'y retrouver, et en tête de cette bande, le chef incontesté, le roi sans couronne, Andreas.

Il a soupiré bruyamment et a interpellé la serveuse qui passait par là. Une très jolie blonde qui portait un pull lilas et un jean délavé qui laissait ses mollets à l'air libre.

Tu te souviens d'elle ? m'a-t-il demandé une fois que leur conversation, qui consistait en deux trois remarques isolées, s'est interrompue sans vraiment se terminer.

Oui, elle travaillait au Coolin, avant que les arcades du marché Saint-Germain ne soient vendues au grand capital.

Le Coolin était un pub irlandais qui avait fait les beaux jours du marché Saint-Germain notamment grâce à l'ambiance de feu qu'y mettaient le tromboniste Paddy Sherlock et son orchestre, deux à trois soirs par semaine et le dimanche en fin d'après-midi.

C'était vraiment une belle période.

Il y a quoi, cinq ans ?

Oui, on avait 20 ans, a soupiré Andreas. Et maintenant qu'est-ce qu'on trouve à la place ? Un magasin de fringues !

Il a pivoté sur ses fesses pour contempler son reflet dans la glace, s'est passé une main dans les cheveux pour s'assurer de sa dégaine. Le miroir ne lui renvoyant que l'image habituelle dont il n'était jamais avare ni repu, il s'est retourné vers moi, rassuré. Sous la table, le sac à dos fermement calé entre mes jambes, j'ai senti le volume réconfortant de la tête de chou.

Comme rien ne venait d'Andreas, aucune allusion à la soirée que nous avions passée ensemble et qui s'était terminée dans l'appartement de Laura et Anne, j'ai prononcé d'une voix étonnamment blanche :

Tu es parti tard l'autre jour ?

Je ne peux pas te dire l'heure qu'il était. J'étais fracassé. Et toi ?

Tard aussi.

Andreas a fait une grimace en constatant :

À 18 ans, je pouvais enquiller les nuits blanches tel un sauteur de haies. Mais sept ans plus tard, je mets deux jours à me rétablir d'une seule. C'est terrible, la vitesse à laquelle on vieillit.

On vieillit quand il ne se passe rien, ai-je dit.

Puis, suivant du regard les zigzags gracieux de la serveuse qui s'ébrouait entre les tables, et fuyant le plus loin qu'il m'était possible le regard d'Andreas, j'ai balbutié :

J'aime beaucoup cette fille.

La serveuse ?

Non, Laura. L'autre soir, on a un peu discuté, quand on est rentrés de Bastille jusqu'à leur appartement. C'était chouette.

Ah oui. Elle est très intense.

C'est ça.

Par contre, ne te fais pas d'idées.

D'idées ?

Je veux dire, sur le long terme. Elle a un copain.

Je me suis senti brisé de l'intérieur. Comme si une paille essayait d'atteindre le sirop mon cœur et qu'elle ne trouvait à son emplacement qu'un amas de glace pilée.

C'est sérieux à ce qu'il paraît, a confirmé Andreas sur un ton nonchalant. Même si j'ai toujours trouvé bizarre qu'elle partage sa chambre avec Anne qui, ça ne t'aura pas échappé, préfère les filles, alors que l'une des deux aurait très bien pu installer un canapé-lit dans le salon.

Je croyais qu'Anne aimait les filles, que c'était au-delà d'une préférence ?

Non, elle les préfère.

Tu le connais ?

Le mec de Laura ? Elle a dû me le présenter une fois, à une fête. C'est un jeune comédien prometteur. Très cool. Il était dans la classe libre du cours Florent. Il joue dans des pièces de théâtre à Avignon, des films indé et aussi des trucs stupides à la télé, ce qui lui permet de l'emmener parfois en week-end dans des endroits de dingue. Son père est un chef opérateur célèbre. Tu vois, tu n'as aucune chance avec elle.

Parce qu'il est connu et que son père aussi ?

La célébrité, ça donne un truc en plus.

Ah ?

Oui. À moins que tu deviennes connu toi aussi. Mais tu ne pourras pas. Ça n'arrivera pas.

Et pourquoi donc ? me suis-je aussitôt insurgé, piqué dans mon amour-propre.

Parce que tu n'en as pas le tempérament. Pour être connu, il faut n'en avoir rien à foutre de rien ni de personne.

Ah, alors c'est pour toi, ai-je rétorqué.

Très drôle !

Il a cherché du regard la serveuse qui, à présent derrière le bar, lui a rendu son sourire.

Tu sais Nico, je pense que je vais quitter la fac. Ça ne sert à rien.

Tu veux dire que ça ne sert à rien d'apprendre des trucs ?

Si, bien sûr. Mais pour finir, ça te fait juste des lignes sur ton CV et la vie n'est pas faite pour superposer des lignes.

C'est ce que font la plupart des gens.

Il en est convenu. Après un silence, j'ai ajouté :

Moi aussi je vais quitter la fac. Je me suis fait jeter par mon directeur de mémoire. Il m'a plus ou moins promis de valider mon année si je renonçais à poursuivre dans la recherche universitaire. Enfin, poursuivre avec lui.

C'est dingue. Il n'a pas le droit de faire ça !

Si, il en a parfaitement le droit. Je pense que c'est plutôt d'un commun accord. Il a estimé que c'était mieux pour lui comme pour moi. C'est toujours dur de se faire jeter je suppose, parce que tu n'as aucun recul, mais après quelques semaines, ou quelques mois plus tard, tu comprends toujours que tu ne t'es pas fait jeter pour rien, que même si la décision t'a paru unilatérale sur le moment, on se jette toujours à l'amiable.

Dans le café, à l'une des petites tables qui donnaient presque sur la rue de Rennes, une jeune femme s'est mise à rire à quelque chose qu'on lui racontait. Une brève saccade sonore, comme un cri d'oiseau. Andreas a tourné la tête dans sa direction, puis a dit :

En ce moment, je suis avec une fille…

Je ne savais pas que tu étais avec quelqu'un en ce moment, ai-je dit en précipitant ma phrase avec anxiété.

Si, a-t-il confirmé calmement tout en sondant l'expression de mon visage. Mais la fille avec qui je suis, je n'aime pas son rire. C'est comme… C'est comme une déflagration.

Essayant de réintégrer ma température normale, j'ai dit :

Ne t'en fais pas, si elle reste avec toi, elle ne rira pas bien longtemps.

J'avais le feu aux joues parce que je n'arrivais pas à deviner s'il parlait ou non de Laura. Or, le rire de Laura n'avait rien d'une déflagration. Tout le reste, oui. Mais pas son rire.

Je vais me marier, a-t-il ajouté.

Tu déconnes ?

On arrive à un âge où on se marie sur un coup de tête. Pas forcément par passion, mais parce qu'on s'imagine qu'on a rencontré une personne qui est dans une forme physique éblouissante et qu'on ne pourra avoir avec elle que de merveilleux enfants. C'est Schopenhauer qui dit ça, dans sa *Métaphysique de l'amour*.

Alors, si Schopenhauer le dit…, ai-je appuyé avec un fatalisme teinté d'ironie.

D'ici quelques années, on n'aura plus jamais une telle forme. Enfin toi, tu es déjà tout pâle, livide. En comparaison, Antonin Artaud est le jumeau monozygote de Matt Pokora ! On dirait que tu t'apprêtes à donner ton corps à la science de ton vivant au seul motif que tu ne sais pas quoi en faire.

Je ne sais pas quoi faire de mes pensées, ai-je rétorqué. Ni de mon tempérament. Le corps suit le mouvement.

Andreas a approuvé. Puis son regard s'est fait de nouveau fuyant. Tout dans son attitude démontrait qu'il avait hâte de reprendre avec la serveuse la conversation où elle et lui l'avaient laissée. J'ai inventé un prétexte pour précipiter mon départ et j'ai réglé pour nous deux la note d'une dizaine d'euros.

Je suis passé ensuite au Monoprix de la rue de Rennes pour acheter du shampoing et deux étuis de capsules de café, puis j'ai repris le chemin de la fac où je me souvenais avoir un cours de peinture byzantine. Je ne m'expliquais pas pourquoi je continuais à suivre des cours qui m'éloignaient de la rédaction de mon mémoire. Par automatisme, plus que par curiosité. À vrai dire, j'étais toujours allé en amphi pour autre chose que le savoir. Pour une sorte d'atmosphère obligatoire et pittoresque, et pour voir les nuques et les chignons des filles, comme au théâtre avant que la lumière ne s'éteigne.

Devant le bâtiment Michelet, il y avait un petit attroupement. J'ai reconnu Astrid. Elle s'est détachée de ses camarades pour venir couper ma trajectoire. C'était une étudiante qui m'avait fait du rentre-dedans en dernière année de DEUG, une fille toujours remplie de colère et qui, à mon sens, se trompait systématiquement de cible.

Tu viens à la manif avec nous ?

La manif ? Quelle manif ? Non, je n'y vais pas. J'ai des courses dans mon sac à dos, c'est lourd, ai-je ajouté en guise d'excuse bidon, heureux que la tête de Gainsbourg donne à mes propos une crédibilité opportune.

Astrid a reluqué mon sac avec mépris.

Ce n'est pas parce que tu n'es pas concerné que tu ne dois pas te montrer solidaire de celles et ceux qui manifestent par obligation.

Pas concerné par quoi ?

La précarité des étudiants. Les loyers insupportables. La difficulté à se loger.

Pourquoi je ne me sentirais pas concerné ?

Astrid a pouffé de mépris.

Tu vis dans le 16e !

C'est l'un des arrondissements où il y a le plus de chambres de bonne, ai-je plaidé. Et de toute façon, les loyers sont moins chers que dans le centre, parce que les jeunes ne veulent pas y habiter. C'est trop loin de tout.

À vrai dire, Astrid voyait juste. Je ne me sentais pas concerné. Mon père avait hérité d'un grand appartement à Montrouge qu'il avait mis en location et dont le loyer lui permettait de payer un studio qui avait d'abord servi à ma sœur Louise, puis à moi, après qu'elle était allée vivre avec Ignacio, un écrivain de dix ans son aîné rencontré lors d'une conférence en deuxième année de fac. Je ne comprenais d'ailleurs pas comment on pouvait se caser en deuxième année de fac. La deuxième année devait être l'année de toutes les expérimentations, pas de la mise en bouteille.

J'ai quand même ajouté :

Ce n'est qu'un studio minuscule, tu sais.

Et alors ? Tu penses que je vais te plaindre ? Monsieur a un minuscule studio dans le 16e arrondissement… Ce concept phallocrate du fils à papa devrait être banni de nos sociétés au moment où un tas de personnes n'ont pas d'autre possibilité que de dormir dans la rue.

J'ai demandé à Astrid :

Tu voudrais que je dorme dans la rue ?

Pour toute réponse, elle a tourné les talons et s'en est allée rejoindre le groupe qui stagnait au milieu d'affiches bardées de slogans hauts en couleur et de sacs remplis de tracts imprimés. J'ai franchi le seuil du bâtiment, suis resté une vingtaine de minutes à écouter le cours, traversé par des pensées contradictoires. J'ai failli sortir en courant pour dire à Astrid que j'avais décidé de l'accompagner à la manif, mais j'ai étiré l'instant de prendre une décision en contemplant la nuque et le dos d'une silhouette qui me plaisait parmi les étudiantes. C'était comme être au bord de la mer, être bercé par la mer, que de la contempler. Alors je suis resté jusqu'à la fin du cours et quand je suis sorti, Astrid et ses amis avaient levé le camp.

Une fois dans mon studio de la rue des Perchamps, j'ai laissé la tête de chou sculptée au fond du sac, et le sac près de la porte d'entrée. J'ai pris une douche, me suis lavé les cheveux avec le shampoing acheté en fin d'après-midi. J'ai enfilé un pantalon de maison et un T-shirt de nuit puis, installé sur mon lit, ai attrapé mon MacBook pour regarder deux trois vidéos YouTube sur le procédé de la galvanoplastie et la façon dont la sculptrice Claude Lalanne faisait prendre des bains de métal à d'authentiques feuilles de chou.

Au bout de dix minutes, j'ai fini par me faire happer par une bannière et ai cliqué sur une image qui annonçait : « Ces célébrités qui ont donné les pires prénoms à leurs enfants ». Ensuite j'ai parcouru d'autres articles aussi inutiles, jusqu'à ce que la fatigue prenne le dessus.

J'ai senti une immense tension dans les jambes, une tension qui me lançait et qui me faisait du bien aussi, comme si j'avais couru le marathon et que l'exploit fût derrière moi. Alors j'ai baissé l'écran de mon ordinateur, ai filé vers la salle de bains prendre un Doliprane dans l'armoire à pharmacie, et, de retour sur mon lit, ai fermé les yeux en enserrant un oreiller et en me fixant sur le souvenir que j'avais de la silhouette et du sourire de Laura.

Je me suis évanoui dans le sommeil avec ce sourire. « *A grin without a cat* », comme aurait dit Lewis Carroll.

8.

J'ai passé une nuit inquiète, fragmentée de courtes remontées à la surface et de rêves brouillons. Jim avait volé ma tête de chou et l'utilisait pour jouer au basket, dans un stade couvert aux gradins vides, à l'exception d'une silhouette tapie dans l'ombre d'un projecteur. C'était Serge Gainsbourg. Chaque fois que l'Américain marquait un panier, Serge se levait, applaudissait, et criait : « Bravo p'tit gars ! », ce qui avait le don d'exaspérer Jim car il n'était pas vraiment un « p'tit gars » et ne l'avait sans doute jamais été.

En me levant vers 9 heures, je me suis dirigé vers la machine à capsules. Le café a mis un temps monstre à couler, pendant lequel j'ai songé à aller me recoucher, puis, machinalement, j'ai attrapé mon téléphone et rafraîchi d'un coup de pouce la colonne d'actualisation de mon courrier.

Parmi quelques promotions aussi frigides qu'intempestives, j'ai découvert un mail d'Inès, envoyé au cœur de la nuit, à 3 h 17 :

J'ai été très heureuse de te croiser par hasard l'autre jour. Il faudra dire au hasard qu'il remette ça. Pour moi, ça a une valeur un peu spéciale parce que tu es un des premiers garçons que j'ai rencontrés en arrivant à la fac et maintenant que je quitte Paris pour Berlin, que s'ouvre une nouvelle page de mon existence, t'avoir revu a valeur de signe. Je sais que tu fais attention aux signes. Du moins, c'est ce que tu me disais à l'époque. Tu traquais les signes dans Paris comme il y a des chasseurs d'orages.

J'ai encore pensé à toi ce matin en allant au Mouffetard pour le petit-déjeuner. Tout a changé. Les propriétaires d'abord, et puis beaucoup de choses avec, sans doute encore plus de choses dans les jours à venir, quand les « nouveaux » auront terminé leurs aménagements. Ça s'est fait très vite, ils avaient fermé le café pour quinze jours, on pensait que c'était juste pour les vacances, rien n'a été dit, ça s'est fait sans tapage, pas de mot solennel, rien, et je n'en savais rien. Ça m'a beaucoup touchée. Depuis cinq ans, le café était comme inébranlable pour moi. Comme la colonne vertébrale du quartier et de nos années étudiantes. C'est un lieu que j'ai aimé, où j'ai été enracinée et que j'ai perdu maintenant. C'est toi qui m'as fait découvrir ce café, quand tous les étudiants se contentaient de peupler les établissements sans charme du métro Censier, c'est toi qui as dit : Ne restons pas là, allons explorer plus loin, dans la vie de village joyeuse et apaisante du bas de la rue Mouffetard, à cinq minutes de là où s'agglutinent les autres. Ce café est tout de suite devenu notre repaire.

C'est ça que j'ai aimé aussi dans mes premières années de fac : jouer aux explorateurs avec toi. C'est ce que permet une ville comme Paris. Trouver les amis qui nous conviennent et les lieux qui nous enchantent. Ce sera

la même chose à Berlin, je suppose. C'est le charme des grandes villes et des grandes amitiés, tant qu'elles durent.
Je t'embrasse,
Inès

Son mail m'a plongé dans une mélancolie étrange. J'ai eu la sensation que si les lieux et l'atmosphère que j'avais aimés ces cinq dernières années disparaissaient les uns à la suite des autres, c'est peut-être qu'ils annonçaient ma propre disparition. Le Coolin, le Mouffetard tel que nous l'avions connu, d'autres demain. Je me suis senti creux, vide comme les gradins de mon rêve, gommé dans le contexte d'une période intense mais provisoire. Impalpable, quand seul l'amour physique aurait sans doute pu me faire croire encore un peu à la permanence de mon corps, parmi les vagues et les séquences de moments enfuis. Les miroirs n'y parvenaient plus, ou s'y refusaient désormais, alors qu'Andreas, lui, y recevait toujours une justification gratifiante à sa présence sur terre, d'une simple main passée dans les cheveux.

Mes yeux ont roulé jusqu'au sac à dos calé contre la porte d'entrée ; la tête était là, pesant de toute sa présence dissimulée. J'ai ouvert la fermeture Éclair et transvasé l'objet dans un sac en toile.

Bien que lente, poisseuse et interminable, la ligne 9 me conduirait directement à Nation, depuis la station Jasmin. J'ai enfilé rapidement un jean et un blouson de mi-saison, attrapé le sac en toile et dégringolé la rue des Perchamps en direction de l'avenue Mozart. Dans le métro, parmi d'inoffensifs zombies, j'ai écouté une chanson qui disait : *Someone send a runner through the weather that I'm under for the feeling that I lost today.* J'ai commencé à écrire quelques phrases de ma lettre à Laura dans l'application Notes de mon téléphone. Des phrases qui pourraient aussi bien se retrouver dans une chanson de Peggy Sage si je décidais, à la dernière minute, de ne pas la lui remettre.

Entre les stations Iéna et Miromesnil, j'ai improvisé un court poème :

Je voudrais qu'elle connaisse
La douceur plus douce que la douceur
Qu'elle en fasse l'expérience
En s'endormant
Dans mes bras
Je voudrais couvrir son cou de baisers
Et goûter à ses seins
Je n'ai pas dormi de la nuit
Tremblant de tout mon être

Quand le métro a traversé Bonne-Nouvelle, j'ai essayé par superstition d'attraper du regard le plus de fois possible le nom de la station qui se répétait sur les murs en carrelage blanc.

À l'air libre, enfin, la place de la Nation m'a paru monumentale et froide malgré les efforts incommensurables du soleil pour apparaître. Je ne sais pas pourquoi, j'ai repensé à cet acteur qui d'après Andreas était le petit ami régulier de Laura. Je n'aurais jamais pu être acteur. Certains matins, contrairement au soleil, tout mon être se serait cogné à la nécessité d'apparaître.

J'ai tourné sur l'îlot central pour situer l'axe dans lequel se profilait, d'après mon souvenir, la rue de leur appartement. Au-delà des marquises vertes des marronniers et du cuivre des hêtres, les dômes de zinc et d'ardoise des immeubles haussmanniens ressemblaient à des desserts conceptuels. J'ai croisé des passants pendus à leur téléphone, hurlant, geignant, pérorant, se détachant de la conscience qu'une civilisation existait autour d'eux, dans une infinité de micro-soucis que la solennité de la place de la Nation ne parvenait pas à apaiser. Rue Fabre-d'Églantine, je me suis demandé s'il y avait dans les étages une ou plusieurs fenêtres à guillotine.

Je n'avais pas le code d'accès à l'immeuble mais j'ai profité des allées et venues fréquentes de la fin de matinée pour me faufiler dans le hall, à la suite d'une petite mamie que le livre que je tenais à la main avait sans doute rassurée sur mes intentions. *L'Ordre caché de l'art*, d'Anton Ehrenzweig, que j'avais pris au vol avant de partir, était le genre de bouquin, parmi la liste des ouvrages conseillés pour la fac, dont je n'avais jamais pu lire plus de trois pages.

J'ai poireauté un bon moment devant la rangée de boîtes aux lettres qui ressemblait à une barre HLM miniature. La fente était évidemment trop étroite pour y glisser la tête de chou.

L'interphone m'a fait de l'œil. J'aurais aimé y presser la pulpe de mon index juste pour entendre ma voix répondre à la personne qui, là-haut dans les étages, aurait décroché. Je n'avais pas d'idée bien claire de ma présence sur terre en cette matinée vaporeuse et ma voix, qui aurait prononcé sans doute quelque chose de très banal, m'aurait rassuré sur l'instant. Du moins, m'aurait donné un visage. Soudain, j'ai remarqué que quelqu'un m'observait. Non pas frontalement, mais dans le grand miroir du hall. C'était Anne. Je ne l'avais pas reconnue tout de suite, car ses mèches vertes étaient dissimulées dans ses cheveux, attachés en un nœud haut perché au sommet de son crâne. Elle portait un sweat vanille-fraise et un pantalon de jogging gris, et rentrait vraisemblablement de son footing. Je ne sais pas ce qui m'a pris, j'ai dit :

Ah, justement j'allais sonner chez toi.

Elle m'a lancé un regard interrogateur, m'encourageant à poursuivre une phrase à laquelle il me semblait pourtant avoir mis un point final. Mais ma balle de mots – une balle en papier mâché – n'ayant jamais atteint la partie de terrain adverse, j'ai ajouté, après un silence embarrassant :

Je crois que j'ai oublié mon écharpe la dernière fois.

Elle a répliqué, catégorique :

Je n'ai rien trouvé. Pourtant, c'est moi qui ai rangé quand vous êtes partis.

Laura l'a peut-être trouvée…

Tu veux monter pour lui demander ?

Oui.

Elle n'est pas là.

Nous sommes restés tous les deux plantés dans le hall, automates stupéfaits, comme si les mots sortaient de nos bouches sans que nous en soyons réellement responsables. Son regard a quitté le miroir du hall d'entrée pour glisser sur le sac en toile que je tenais fermement, à m'en rougir les mains, et qui était comiquement enflé à cause de la tête qu'il contenait.

Tu as quoi dans ton sac ?

Un chou.

Un chou-fleur ?

Oui. C'est ça.

Elle a soufflé un rire nasal. M'a demandé, après avoir fouillé dans sa poche pour en extirper ses clés, prête à réintégrer sa routine :

Tu as fait ton marché ?

Oui. Je suis allé au marché bio de la rue d'Avron.

Il n'y a pas de marché là où tu habites ?

Pas de bio, et je suis direct en métro.

Elle a réfléchi un instant, et a déclaré avec un sourire triomphant :

Eh bien sache qu'il n'y a pas plus d'écharpe oubliée dans notre appartement que de marché bio rue d'Avron.

Puis elle a fait passer les clés métalliques entre ses mains jusqu'à trouver le bip pour accéder au second sas vitré. Au moment où la porte s'est ouverte, j'ai dit avec précipitation :

On va jouer pour la fête de la Musique, ce serait chouette que vous puissiez venir, Laura et toi.

C'est où ? a demandé Anne en se retournant.

Le 21 juin.

Merci, je sais que la fête de la Musique tombe le 21 juin, je te demande : c'est où ?

Sur les quais. En dessous du pont Alexandre-III.

OK. J'en parlerai à Lo.

Et elle a grimpé dans les étages. Je suis resté seul avec ma silhouette dans la glace de l'entrée. J'aurais eu le temps de sonner à l'interphone et de parler à Laura avant qu'Anne n'atteigne le palier de leur appartement. Lui parler, même si elle n'avait pas été là.

Toute la journée, je m'en suis voulu de cette possibilité manquée. J'ai traîné dans Paris jusqu'à une heure avancée de la nuit, entre l'île de la Cité et Odéon, avec mon sac en toile à l'intérieur duquel frottait ma tête de chou en résine. Je me suis assis sur un banc en pierre, et me suis mis à lui parler. Un fou de plus dans cette ville. Les passants ne faisaient pas attention à moi, agglutinés dans leur routine, occupés à cocher les cases du peu de temps disponible.

J'ai pensé au philosophe Diogène qui parcourait les rues fréquentées d'Athènes avec une lanterne allumée en plein jour, et quand les gens s'interrogeaient sur son passage, il leur répondait : « Je cherche un homme véritable. » Que faisais-je en trimballant une tête de chou en plein Paris ? Étais-je à la recherche de l'amour véritable, et mon cœur pourrait-il à chaque nouvelle désillusion s'effeuiller comme une plante jusqu'à ce qu'il n'en reste rien ?

Je me suis demandé si je coulerais à pic si je me jetais dans la Seine avec la tête sous le bras. Parfois, quand je me trouvais chez quelqu'un qui habitait au dernier étage d'un immeuble haussmannien, ou dans une de ces chambres de bonne dotées d'un chien-assis, j'étais irrépressiblement attiré par le vide. C'était la même chose au théâtre. J'allais peu au théâtre, mais les rares fois où j'y avais été invité, à l'Odéon par exemple, j'aurais voulu me jeter de la falaise du deuxième balcon.

Dans mes relations avec les autres, c'est tout le contraire qui m'attirait. Non pas le vide, mais une densité très forte. Peut-être trop forte pour être tenue dans mes bras.

Je me suis demandé pour quelle raison Anne s'était montrée aussi froide avec moi. Avait-elle pensé que mon rapprochement avec Laura l'exclurait de la relation ambiguë qu'elle entretenait avec elle ? Est-ce que le fait que nous soyons restés accrochés l'un à l'autre, Laura et moi, lors de ce trajet merveilleux de Bastille à Nation, le long de la rue du Faubourg-Saint-Antoine, l'avait agacée, me plaçant dans une position qu'elle enviait ? J'arrivais dans leur histoire sans connaître la nature de leurs rapports. De mon côté, j'avais toujours abhorré les personnes qui débarquaient quelque part en se croyant tout permis, se prenant pour les rois de la fête sans faire cas des relations déjà existantes entre les êtres : les désirs, les non-dits, les espoirs cachés, les choses patiemment construites et qui coulaient, non pas de source, mais plutôt comme des rivières intérieures. Je comprenais finalement la colère ou le mépris d'Anne à mon égard. Sans doute me considérait-elle juste comme un type qui n'en avait rien à foutre de rien sinon de sa personne, et qui venait lui ravir Laura le temps d'une traversée de Paris, alors qu'elle-même avait fondé de grands espoirs sur ce court moment.

Réfléchissant de la sorte, je me suis aperçu que je prêtais à Laura tout un tas de relations : Anne, Andreas, et une autre plus réaliste bien que pour moi impalpable : cet acteur qui l'emmenait en week-end vers des destinations fabuleuses, la chargeant d'un pouvoir de fascination que mon propre trouble réverbérait.

J'ai fini par remettre la tête de chou dans le sac et, délaissant les eaux de la Seine, j'ai plongé dans le métro. C'étaient à peu près les mêmes silhouettes que celles rencontrées dans les clubs la nuit, sans les rires gras et puissants ni les fringues hors de prix. Chacun voyageait dans son monde. Des êtres brinquebalés soumis aux sifflements de la rame, aux odeurs pestilentielles. Les effluves de shampoing par exemple, qu'il faisait bon suivre à l'extérieur, semblaient toutes interdites de passer les tourniquets. Les usagers me regardaient avec bienveillance comme si j'étais vraiment un type cool avec mon sac à dos. Ils devaient penser qu'il contenait des livres, un ordinateur, ou même des affaires de sport, plutôt qu'une tête de chou. Ils m'envoyaient des sourires comme si j'avais réussi ma vie parce que je pouvais m'offrir en soirée un cours de quelque chose, de karaté par exemple. Ils pensaient tous que j'étais très sain et très équilibré, et j'avais vraiment dans leurs yeux la dégaine du type dont tout le monde voudrait être l'ami, tout ça à cause des cours de karaté contenus dans mon sac. Je m'en suis voulu de tromper tous ces gens. Se tromper soi-même, ça arrive tous les jours, mais des inconnus, ce n'est pas une situation confortable. S'ils s'étaient rués sur moi pour m'arracher mon sac et en découvrir le contenu, ils auraient su pour la tête de chou.

Nous répétions avec Peggy Sage au Studio Bleu, entre la gare de l'Est et les Grands Boulevards. Le plan était de faire tourner au moins deux fois la setlist que nous jouerions le soir de la fête de la Musique, puis d'avancer sur une nouvelle chanson si nous en avions le temps, même si je n'avais franchement rien fixé en termes d'écriture.

À la pause, devant les distributeurs, Dan, qui s'était montré de mauvaise humeur dès nos retrouvailles, s'est énervé parce que son soda était resté coincé entre la pince qui le maintenait et la vitre de protection. Il a envoyé de grands coups de poing dans la machine, ce qui n'a pas manqué d'alerter Cyrille, le gérant du Studio Bleu. À l'aide d'une clé spécifique, il a libéré la cannette. Cyrille était aussi un batteur très doué, le Ringo Starr d'un temps où les Beatles avaient déjà vécu. Il avait joué dans plusieurs formations et avait pris le parti raisonnable de gagner sérieusement sa vie tout en restant dans les parages de sa passion. Il était aussi solide derrière ses toms, son charley et ses cymbales que dans sa gestion du studio.

En regardant Dan s'énerver contre la machine, j'ai mesuré à quel point nous étions séparés à jamais de notre jeunesse. Le Dan que j'avais connu à 14 ans aurait essayé de trouver un stratagème pour faire glisser le soda ; le Dan d'aujourd'hui se contentait de frapper la vitre comme un bourrin, en manifestant sa colère.

Qu'est-ce qui se passe ?

Il se passe que tout m'énerve en ce moment.

Quoi, tout ? Le groupe ?

Ma copine, elle me saoule parce qu'elle ne comprend pas pourquoi on doit aussi répéter le week-end.

Qu'est-ce qu'il y a de mieux à faire le week-end ? ai-je demandé.

Partir en week-end.

C'est ce qu'elle aimerait ?

Oui.

Et c'est ce que tu aimerais aussi ?

Je préférerais répéter en semaine.

Tu sais qu'à la rentrée on ne pourra plus répéter en semaine parce que Robin part étudier à Bordeaux. Donc on sera bien forcés de se voir le week-end.

Robin, notre batteur, est arrivé. Dan lui a lancé :

Pourquoi tu pars à Bordeaux ?

Parce que c'est là que se trouve la meilleure formation d'assistant de direction de festivals.

Il nous a fixés intensément, avant d'ajouter, comme s'il se sentait obligé de se justifier :

Les gars, moi aussi j'aurais préféré qu'on défonce tout avec le groupe ! Mais il faut bien avancer quelque part. Mes parents vont finir par me couper les vivres. Je ne peux pas négocier d'année en année avec eux jusqu'à ce que j'aie 30 ans et que tout soit foutu.

Puis, comme s'il voulait changer de sujet :

Qu'est-ce que tu trimballes dans ton sac, Nico ?

J'ai expliqué, sans dissimulation :

Une tête de chou sculptée. Elle était sur la tombe de Gainsbourg. Je l'ai prise sous mon aile, et depuis j'entretiens une sorte de conversation silencieuse avec elle. Au départ, j'ai pensé l'offrir à une fille. Comme une sorte de trophée.

J'ai vu la bouche bée de Robin se muer en une grimace d'admiration.

J'étais sur le point de m'en tirer avec ça, quand mes yeux se sont posés sur le regard accusateur de Dan qui semblait dire : Grandis un peu !

9.

Tu veux entrer en moi ?

Je n'y arriverai plus, ai-je répondu.

J'ai entendu le crépitement de la pluie, le chant strident d'un oiseau, les accélérations soudaines des automobiles, un klaxon hérissé comme un porc-épic en mode défense, de-ci, de-là. Tout ça est remonté depuis la rue par la fenêtre entrebâillée et a envahi la pièce. Inès a effleuré mon sexe qui ne débandait pas, répondant à l'appel du *morning glory*, mais comme tout dans mon attitude contrariait la puissance de mon érection, elle m'a demandé :

Je ne t'excite pas réellement, c'est ça ?

Si, tu es très excitante, c'est juste que je me sens traversé de pensées pas du tout excitantes en ce moment.

Elle tenait ses jambes pliées au-dessus de la couette. Avait eu trop chaud dans la nuit. J'ai contemplé, allongé près de moi, ce corps que j'avais vu haleter contre mes baisers, brûler de maîtrise et d'impatience. De son épaule jusqu'à sa chute de reins, il y avait quelque chose de sacré, de puissant, d'éphémère.

Tu penses à cette fille ?

Oui.

Inès a éloigné la main de mon sexe, puis a étendu son bras au-delà de ma cuisse pour attraper la bouteille d'eau sur la table de chevet, de mon côté du lit.

J'ai été distrait par le manège des oiseaux qui tournoyaient follement comme s'ils étaient menacés par une attaque invasive de corbeaux, et j'ai même cru que l'un d'eux allait frapper la vitre et mourir sur le coup.

J'ai dit à Inès :

Je lisais Anaïs Nin, l'autre jour.

Venus Erotica ?

Non. Le *Journal*. Elle raconte que quand elle revient à Paris, entre son enfance et sa vie de jeune femme, elle est surprise par le changement dans les rues. Elle a vraiment l'impression que sa jeunesse coïncide avec un changement radical d'époque. Elle croyait retrouver des rues pittoresques et obscures, et tout à coup il y a des enseignes lumineuses partout. Une profusion d'enseignes électriques.

Et donc ? Toi aussi tu as la sensation de faire partie d'un monde qui change ?

Oui.

Qu'est-ce qui a changé ?

Ce que tu évoquais dans ton mail. Et puis, la disparition des moineaux.

Inès a avalé une gorgée d'eau qu'elle a abrégée pour signifier qu'elle était prête à m'écouter attentivement.

Je me suis redressé pour m'adosser à la tête de lit avant de poursuivre :

Au début du siècle dernier, je crois que le changement avait lieu par l'apparition, tandis qu'un siècle plus tard, s'il y a un changement à observer ce n'est plus sur le mode de l'apparition mais sur celui de la disparition. Et c'est pour ça que la peinture de Francis Bacon est si moderne et... artistique, parce que la supériorité ou la beauté de l'art, de la création si tu veux, c'est de continuer à chercher une apparition dans un contexte de disparition ou de destruction. Dans le cas de Bacon, c'est l'apparition d'une figure, ou d'un visage, au milieu du chaos. Le chaos qui produit à la fois de la destruction et de l'effacement.

Inès a posé une de ses mains à plat sur mon abdomen, puis y a appuyé la tête.

Et c'est la même chose pour toi ? Avec cette fille ?

Oui, dans un sens. Dans cette année où tout semble s'échapper parce que c'est l'année de la fin, la fin d'un cycle et que rien n'arrive pour moi, ni le succès avec le groupe, ni la trajectoire idéale avec la fac ou l'issue de secours tant attendue, l'apparition de cette fille est la chose la plus concrète que j'aie cherché à retenir, à poursuivre et à approfondir.

Elle a soufflé en replaçant sa tête contre l'oreiller, tout près de mon épaule.

J'aimerais la connaître.

Tu la verras, si tu viens au concert du 21 juin.

Je serai à Berlin depuis une semaine. Je ne sais pas si je programmerai déjà un retour à Paris, même pour un week-end ou une soirée, ou alors ce sera que j'ai vraiment le mal du pays.

Je ne crois pas qu'on puisse avoir le mal de Paris. C'est une ville qui continue sans toi. Qui te passe dessus, parfois même quand tu es là.

Si je me décide au dernier moment et que je débarque à l'improviste, je la reconnaîtrai comment ?

Elle ressemble à une sirène.

Si elle ressemble à une sirène, a dit Inès dans un rire, ne t'étonne pas si votre histoire se termine en queue de poisson.

J'ai souri.

Je peux te poser une question, Nico ?

Vas-y.

Pourquoi, lorsque tu m'as appelée hier soir pour me remercier pour mon mail, et que je t'ai demandé si je pouvais passer chez toi, tu as dit oui ? Tout de suite oui. Tu savais qu'en acceptant que je vienne chez toi, dans la nuit, il y aurait cette possibilité qu'on le fasse ?

Oui.

Et pourquoi as-tu voulu qu'on le fasse, si tu penses tout le temps à cette fille ?

J'en avais envie. À cause de ton mail.

À cause ?

Grâce. Grâce à ton mail. À ce que tu as écrit. La façon dont tu l'as écrit. J'avais envie de faire l'amour avec toi.

Inès a laissé échapper un « hum » d'approbation. N'a pas commenté davantage.

Et toi, pourquoi as-tu voulu qu'on le fasse ?

À cause de tes mains. Enfin, grâce à tes mains. Je voulais savoir ce que ça faisait d'être tenue entre tes mains. Parcourue par tes mains. Et puis parce que je m'en vais, et je ne veux pas que tu disparaisses.

On a été dérangés par le hurlement d'une femme au-dehors. Pas celui d'une femme qui viendrait de se faire agresser, mais une plainte rauque, une sorte de râle de désespoir, celui d'une personne déterminée à chuter mais qui resterait vissée à son fauteuil.

Inès a souligné :

On dirait le cri d'une personne qui aurait renoncé à ses rêves.

Dans une conférence à la FEMIS, ai-je dit, Deleuze parle du cinéma de Vincente Minnelli. Il prétend que dans tous les films de Minnelli, et notamment dans *La Vie passionnée de Vincent Van Gogh*, il est question de la puissance maléfique du rêve. Pas tant les rêves qu'on fait pour soi, mais les rêves qu'on fait pour les autres.

Tu penses que l'amour est une forme de rêve ? a demandé Inès.

Oui. Le désir est un récit dont l'amour est le rêve. Et pas seulement l'amour. Van Gogh, par exemple. Il rêve pour Gauguin et lui d'un lien idéal qui n'existe pas. Moi-même j'ai peut-être rêvé à voix haute pour mon groupe d'une destinée dans la musique, et peut-être ont-ils cru en ce rêve tant que je le rêvais pour eux, et peut-être ont-ils commencé à s'en émanciper au moment où, de mon côté, je n'y croyais plus tant que ça.

Inès m'a regardé avec intensité :

Tu n'as jamais pensé à écrire un roman ?

Non.

Tu devrais.

Ignacio, le copain de ma sœur, est écrivain. Je n'ai pas envie d'être dans ce genre de rapports supplémentaires avec elle.

Inès a répliqué :

Moi j'ai vécu dans un contexte où la famille est très importante, où on se soutient, c'est comme un refuge primordial, mais toi tu m'as toujours dit que tu n'étais pas très famille.

Oh, c'est juste que j'ai la phobie du théâtre participatif.

Et le copain de ta sœur, tu l'as déjà lu ?

Pas besoin, il est toujours en train de parler de ses livres.

Tu pourrais écrire un roman comme tu écris des chansons ?

C'est différent. J'ai vu sur Internet l'autre jour un écrivain qui prodiguait des conseils, il disait qu'il faut une colonne vertébrale à un roman, et la plupart du temps, moi, j'ai l'impression de faire des choses qui ne tiennent pas debout. Avec les chansons, je n'ai pas ce problème puisque la musique est la colonne vertébrale. Et puis, je suis déjà allé à des soirées littéraires, des lectures, et c'était interminable. C'est comme avec le théâtre. J'ai l'impression d'être l'otage de personnes qui prennent leur pied sans moi.

Voilà pourquoi tu préfères faire l'amour…

Que d'aller à une soirée littéraire ? Certainement.

Pour ma part, a dit Inès, il m'est arrivé de faire l'amour et d'avoir l'impression d'être l'otage d'une personne qui prenait son pied sans moi. C'est assez courant.

Oui.

Et avec la musique, tu n'as pas cette impression ?

Non. Pas avec la musique.

Inès a déplacé ses jambes pour atteindre le parquet qui s'est mis à craquer sous la plante de ses pieds. Elle a attrapé un de mes T-shirts au bout du lit. En l'enfilant, ses bras se sont déployés dans l'espace comme les branches d'un arbre. J'ai trouvé mon studio moins suffocant avec les bras d'Inès qui en repoussaient les contraintes. Je n'en croyais pas mes yeux que des bras si fins et si robustes à la fois aient pu s'agripper à moi, tenir et entourer, donner une structure aux ébats de la nuit. Je n'avais pas envie de la laisser filer tout de suite.

Tu veux que je te prépare un petit-déjeuner ? Ou bien qu'on aille le prendre en bas, dans un café ?

Elle s'est moquée de moi tendrement, a fait mine de trouver ma proposition déplacée, du moins cocasse. A hoché la tête de gauche à droite.

Comme des amoureux ?

J'ai soutenu son regard sans lui répondre. Elle a demandé :

Tu crois que je peux me faire un thé ?

Oui. Si tu trouves la cuisine qui est dans le placard. Tu verras, il y a sur l'étagère toutes sortes de thés, et de théières.

Ne t'en fais pas, m'a-t-elle dit en me tournant le dos. C'est une année difficile pour toi, mais les choses vont s'arranger.

J'ai enfoui ma tête dans les draps pour m'emplir de son odeur. Au bout d'une petite minute, elle est revenue sur ses pas et a déclamé, avec emphase :

« Ce long calme, il est vrai, retarde vos conquêtes. »

C'est dans quoi ?

Iphigénie.

Elle a décacheté un sachet de *English Breakfast* entre ses doigts et a ajouté :

Le vent est tombé, plus un souffle pour faire avancer la flotte d'Agamemnon. Il est dans le doute et la stagnation forcée, dans une impasse totale, comme toi. Il lui faut juste un sacrifice pour que tout redémarre.

Qu'est-ce que je devrais sacrifier ?

Iphigénie.

Mais encore ?

Je pense qu'on doit toujours sacrifier quelque chose pour que les choses avancent. Même si ce sont de mini-sacrifices et que les choses se déplacent de façon imperceptible. La mythologie est toujours pleine d'actualité, de résonances avec le présent.

Francis Bacon pensait exactement la même chose !

Ah, tu vois !

Alors qu'est-ce que je devrais sacrifier d'après toi ?

Je ne sais pas. C'est à toi de trouver. Peut-être est-ce ton groupe, en effet, tout ce que tu croyais possible et qui ne mène nulle part. Ou alors ce nouvel amour qui t'obnubile. L'amour pour cette fille que tu as rencontrée. Dans le cas où cet amour, lui non plus, ne mènerait nulle part.

J'ai dit à Inès, me confiant avec sincérité :

Je n'en peux plus d'être dans une zone où rien n'aboutit, ça me crève, et pourtant quand je vois les gens arriver quelque part, accéder à ce qu'ils veulent, la plupart du temps leur attitude me dégoûte.

Inès m'a couvé d'un regard perçant. J'ai réfléchi à ce qu'elle venait de dire à propos d'Iphigénie et de la position inconfortable d'Agamemnon, de ses navires à l'arrêt.

Peut-être que mon désir pour Laura est si violent que le vent est tombé. Mais est-ce que tu ne penses pas que tu m'incites à renoncer ?

Non Nico, désolée. J'ai aimé être avec toi cette nuit. Mais je n'ai aucune raison valable de t'inciter à renoncer à cet amour.

Le renoncement est-il un sacrifice ?

Oui. C'en est certainement la forme la plus douce, donc forcément la plus noble.

J'ai regardé Inès.

Et toi, qu'est-ce que tu as sacrifié ?

Je n'ai rien sacrifié. Les vents n'ont jamais cessé de me porter, a-t-elle affirmé en levant le menton. Ou alors si, peut-être que j'ai sacrifié Paris. Le Paris que j'aimais, que nous avons découvert ensemble à notre arrivée en fac et que je ne retrouverai plus quand je reviendrai de Berlin. J'ai sacrifié la possibilité de vivre à Paris, alors que tu m'aurais dit ça en première année, jamais je n'aurais pensé cette idée possible. Pour moi, Paris, comparé à ce que j'avais vécu, c'était à la fois la liberté et la stabilité. Alors que la liberté, c'est peut-être le contraire de la stabilité.

C'est-à-dire ?

Eh bien les choses changent en permanence, mais si ça ne te convient pas, tu n'es pas obligé de participer à ce changement, tu peux décider de partir. C'est d'ailleurs ce que je vais faire aujourd'hui. Mais avant, je bois mon thé.

Après le départ d'Inès, j'ai décidé de travailler sur mon mémoire. J'avais deux bonnes heures avant le déjeuner prévu de longue date avec Louise. J'avais d'abord songé à décaler ce déjeuner. Appeler ma sœur et lui dire que je devais bosser. Finalement je me suis dit qu'autant que ce déjeuner ait lieu, au moins serions-nous tranquilles, Louise et moi, jusqu'au trimestre suivant.

Je me suis lancé dans des recherches sur Gauguin. La période où il avait peint la toile intitulée *Le Jambon*. Un morceau de jambon de Bayonne exposé sur un guéridon de jardin devant une fenêtre dont on voyait le mécanisme d'ouverture, avec des chaînettes qui participaient à la structure de la toile, à la présentation de la viande. Bien que Gauguin n'ait jamais été une référence avouée pour Francis Bacon, tout ici rappelait l'univers et le traitement des toiles du peintre anglais. Les aplats jaune orangé du fond, la structure de présentation quasi théâtrale, et enfin la forme oblongue du morceau de viande où apparaissaient dans toute leur force et leur crudité l'os, le gras et les morceaux de chair. L'ensemble et chaque détail offraient une indéniable parenté avec les visages peints par le peintre anglais. Et puis il y avait cette piste encore plus savoureuse du patronyme : « Bacon », cette authentification par le nom, et ce sujet du « jambon » choisi par Gauguin pour démontrer la force de sa couleur, la rudesse et la vitalité de son propos.

Si je regardais une reproduction du *Jambon* de Gauguin peint en 1889, et une corrida de Picasso peinte en 1934, puis *Study for a Bullfight* peinte par Bacon en 1969, je comprenais comment le peintre anglais avait su passer au mixer de son intérêt personnel les deux œuvres.

Se retrouvaient chez lui, et de manière originale, la sexualité latente du travail de Picasso, la force primitive de l'apparition chez Gauguin.

J'étais encore dans *Le Jambon* de Gauguin lorsque Louise, face à moi, sur la banquette de la brasserie où je l'avais rejointe, m'a sermonné du regard. Tout à mes réflexions de la matinée, je ne m'étais pas rendu compte qu'elle avait réservé dans un restaurant de poissons.

Y a pas de jambon ?

Non, y a pas de jambon.

Je vais prendre du poisson.

Oui, c'est plus raisonnable.

Elle venait de me répondre avec un mélange bien à elle d'exaspération et de commisération. Je lui ai expliqué, dans la fièvre de la découverte :

Gauguin a peint une toile qui s'appelle *Le Jambon*. C'est un jambon tranché, présenté devant nous, telle une offrande. Exactement comme lorsque Salomé apporte à Hérode la tête de saint Jean-Baptiste sur le fameux plateau d'argent. Une tête, donc ! Ce qui est dingue, c'est qu'il peint cette toile quelques semaines après avoir quitté Van Gogh à Arles, après l'épisode de l'oreille coupée. Il se fâche avec Van Gogh…

Oui merci, a soupiré Louise, je sais que Van Gogh s'est coupé une oreille. Pour l'offrir à une fille. Tu parles d'un cadeau !

J'ai soudain pensé à la tête de chou qui avait réintégré mon sac à dos et que je trimballais toujours avec moi, n'ayant su trouver l'occasion de l'offrir à Laura. J'ai dit :

Au contraire, moi je trouve que c'est un acte héroïque, définitif, d'offrir ce genre de chose à une fille qu'on désire.

Ma sœur m'a pris de haut :

Tu irais jusqu'à te couper une oreille pour l'offrir à une fille ?

Oui, enfin, on n'était pas dans la pièce. Il y a des historiens qui émettent l'hypothèse d'une dispute : c'est peut-être Gauguin qui se serait saisi du couteau et lui aurait tranché l'oreille parce que l'autre n'était pas capable d'entendre son point de vue. Bref, ce qui est dingue dans cette histoire, c'est que Gauguin peint la toile du jambon en 1889, juste après sa dispute avec Vincent qui a lieu le 24 décembre 1888, et tout l'art de Francis Bacon pourrait avoir pour origine cette toile, or, et c'est ça qui est fou, mon mémoire porte sur toute la série qu'a peinte Bacon sur Van Gogh. Et Bacon peint aussi des têtes – il est obsédé par les têtes –, comme Gauguin peint son jambon. Ce que je veux te faire comprendre, c'est que cette querelle entre Van Gogh et Gauguin existe encore, ou, mieux, elle trouve sa résolution finale, sa réconciliation si je puis dire, dans le travail de Francis Bacon.

Louise a haussé un sourcil.

Eh bien, j'espère que ton directeur de mémoire partage ton excitation pour tes théories.

Bien sûr, ai-je soupiré, à tel point qu'il va valider mon année si je promets de ne pas poursuivre avec lui.

Qu'est-ce que tu racontes ?

Moi, ça ne me choque pas. C'est très courant, plutôt honnête. Tiens, il arrive que des filles couchent avec moi si je leur promets de ne pas avoir une relation suivie avec elles. Ça m'est arrivé encore… pas plus tard que cette nuit.

Louise a levé la main gracieusement au-dessus des têtes penchées sur leurs assiettes pour commander une bouteille de San Pellegrino.

Ignacio va passer prendre les clés de l'appartement. S'il reste cinq minutes pour boire un café avec nous, ne te montre pas odieux comme d'habitude, sois gentil avec lui s'il te plaît.

Hé, mais je suis un chic type, moi, regarde, nous sommes dans un restaurant de poissons, je vais prendre du poisson, ai-je dit en dépliant la carte plastifiée qui était exagérément grande. J'espère juste qu'ils servent des frites en accompagnement. Les pommes de terre à l'eau, j'ai toujours trouvé ça rude. Est-ce que tu crois qu'il y a des gens qui disparaissent derrière ces cartes gigantesques ? Comme des sortes de magiciens. Ils viennent avec leur famille, ou leurs femmes, leurs maris, et hop, ils en profitent pour se carapater, aller prendre du bon temps dans une autre dimension.

Si tu étais vraiment un chic type, m'a coupé Louise en rebroussant chemin dans la conversation, tu commencerais par être chic avec nous.

Quand elle disait « nous », Louise parlait de « la famille ». Et pour ce qui était de la famille, Louise me faisait l'effet d'un joueur de football aux prises avec la notion de patrie quand la caméra panote sur son visage au moment de chanter l'hymne national : jamais dans la bonne tonalité, malgré toute la bonne volonté du monde.

Je m'inquiète pour papa, a-t-elle ajouté.

Il va très bien, ai-je dit.

De toute façon, tu n'as jamais fait beaucoup d'efforts.

Je n'aime pas les rapports imposés, ai-je répliqué, ce qui a eu pour effet immédiat de lui faire lever les yeux au ciel.

Louise n'avait jamais eu aucun sens de l'humour, à moins qu'elle n'en prenne l'initiative, ce qu'elle répugnait toujours à faire.

Il a cette maladie. Cette maladie de tout conserver. J'ai regardé sur Internet, c'est…

La syllogomanie, l'ai-je interrompue avant qu'elle ne retrouve le terme exact.

Oui. C'est ça.

Peut-être qu'il a raison. Les jours fuient de toutes parts, se transforme, s'échappe en permanence, ce à quoi on tient le plus comme ce qui nous paraît insignifiant, les êtres auxquels on tient le plus et qui nous paraissent la seconde d'après insignifiants, il n'y a aucune distinction dans la disparition, alors papa il garde, il fait des remparts de ce qui lui arrive. Mais au sens le plus concret. Tout ce qui arrive dans sa boîte aux lettres, les prospectus, les factures, les journaux. Je ne crois pas que ce soit une maladie. C'est une forme de résistance. Il n'avait pas de symptômes avant que maman le quitte. Il n'a pas supporté le départ brutal de maman, c'est tout.

Louise m'a jeté un regard irrité.

Mais mon pauvre Nico, maman voulait et aurait dû le quitter depuis longtemps. C'est juste qu'elle pensait que ça bouleverserait trop tes études, alors elle a attendu que tu passes ton bac pour ça.

C'est nul ce que tu dis.

C'est la vérité. Je la tiens de maman elle-même.

Ah.

Le serveur est arrivé pour s'enquérir des commandes. Nous avons énuméré nos choix et n'avons pas repris la parole avant que les plats nous soient présentés. Louise a attrapé sa fourchette, et s'est donné la mission d'expulser chaque grain de câpre de son poisson pour les mettre sur le bord de l'assiette, selon une habitude qu'elle avait depuis l'enfance, et qui, je ne sais pour quelle raison, m'attendrissait terriblement.

Bien sûr, ça n'aurait pas été le même délire, ai-je dit pour la taquiner, de commander ton poisson sans les câpres.

Elle n'a pas relevé.

Je veux bien faire la paix. Mais je ne comprends pas ta démarche. Je ne sais pas si tu accables papa ou si tu t'apitoies sur son sort.

Un peu des deux certainement, a-t-elle fini par confesser, en ajoutant : Depuis qu'il est parti à la retraite, il a tellement renoncé à tout.

Il n'a peut-être jamais eu ta force, ni la force de maman.

C'est pour ça que je m'inquiète pour lui et que j'aimerais que tu passes le voir, à l'occasion.

Ma sœur devait estimer que j'avais du temps à foison parce que j'étais encore à la fac. Ignacio, son fiancé, a fini par débouler. Il allait patiemment sur ses 40 ans, plus petit que ma sœur, nerveux, les cheveux bouclés, l'œil toujours aux aguets de l'effet qu'il pourrait produire. Louise l'a aperçu naviguer entre les tables, alors elle s'est levée et, quand il nous a rejoints, ils ont échangé un bref baiser sur la bouche. Je n'ai même pas eu le temps de détourner les yeux. De fixer la truite saumonée qui trônait, entière et éventrée, dans mon assiette. Ignacio semblait pressé, dans tous ses états. Il a fait signe au serveur de ne pas se déplacer pour lui, qu'il ne resterait pas. Il n'a pris ni de mes nouvelles ni de celles de ma sœur, mais a raconté qu'il sortait d'un rendez-vous chez son éditeur qui l'avait mis hors de lui. Il accompagnait son récit de grands gestes mélodramatiques.

Bien qu'originaire d'Amérique du Sud, Ignacio s'exprimait dans un français très correct. Il n'y a que dans les médias, pour les journalistes, qu'il exagérait son accent, ayant stratégiquement compris qu'il y a toujours à gagner en misant sur un léger exotisme.

Après cinq minutes de monologue, il m'a tapoté la joue en disant :

Comment ça va, toi ? La forme ?

J'ai répondu :

Super. Louise pense qu'en obtenant mon bac, j'ai détruit l'écosystème familial.

Mais Ignacio n'écoutait pas, il était déjà debout, pressé de récupérer les clés et prêt à déposer sur les lèvres de Louise la parfaite réplique du premier baiser furtif.

J'ai encore dit quelque chose :

On joue le 21 juin. Si vous voulez venir tous les deux ?

Ignacio a roulé de grands yeux :

Je croyais que c'était réservé aux amateurs, la fête de la Musique ?

Puis il a extirpé son téléphone de la poche de son jean et a fait un selfie dans lequel apparaissaient les globes d'une lampe Art déco et une partie du visage de ma sœur.

Quand il a quitté le restaurant, Louise m'a jeté un regard qui quémandait la compassion.

Je dis juste que je n'y arrive pas avec papa. Mettre les pieds dans son appartement me fout les jetons. Je te demande de m'aider en allant le voir plus souvent.

OK. J'irai.

Merci.

Je le trouve très autocentré, ton mec.

Oh, a-t-elle répondu en l'excusant d'un geste de la main. Il prend toujours à cœur la manière dont son travail est perçu. C'est difficile d'écrire un livre, c'est plus compliqué que…

Que des chansons ?

Oui, sans doute.

Louise a baissé les yeux sur son téléphone. Elle venait de recevoir une alerte. Le selfie s'affichait déjà sur le compte d'Ignacio. Ma sœur était taguée à l'endroit où son demi-visage apparaissait.

Regarde, m'a-t-elle dit, en me tendant l'écran du téléphone et en souriant avec indulgence.

Oui…, ai-je commenté. En un sens, j'admire les êtres qui ne sont jamais fatigués d'eux-mêmes.

10.

Un stagiaire d'à peine 18 ans, perché sur une échelle, réglait une boule lumineuse suspendue au plafond qui envoyait sur la scène une pluie de larmes argentées. Charles, le frère de Dan, qui organisait la soirée, nous avait payé des vodka-pomme en quantité impressionnante. Quatre groupes à l'affiche, nous serions le troisième à apparaître. J'étais bloqué dans un étau d'impatience. Laura allait-elle surgir ?

Le néofolkeux à guitare qui avait commencé vers 20 heures n'arrêtait pas de pester entre les chansons contre les organisateurs qui l'avaient fait commencer trop tôt, et il essayait d'étirer le temps au maximum, de faire traîner pour les dix prochains siècles son morceau en cours.

Bousculant trois gothiques en trench-coat qui avaient dû se tromper de soirée, le frère de Dan s'est précipité sur la scène pour le virer, et ils ont commencé à se bastonner devant la vingtaine de spectateurs présents. Charles s'est énervé parce que dans l'altercation, il avait sali son costume blanc lamé qui lui donnait des allures de rock star des années 70.

Vers 21 heures, un essaim de jeunes gens s'est engouffré dans la salle, pour la plupart des lycéens, des filles aux visages poupons ou allongés comme des flammes, dont l'une avait attaché une planche de skate à son sac à dos, les roulettes assorties à son rouge à lèvres. Toute cette faune débarquait pour Stavroguine, le groupe programmé en deuxième partie, et la salle qui avait la forme d'un gant de baseball a été remplie aux trois quarts en un souffle. Le groupe en question était lui-même composé de mômes de 18 ans. Ils ont débuté leur set par une reprise furieuse et envoûtante d'une chanson des Stones : *Mother's Little Helper*. Dan s'est montré fasciné par leur charisme, leur insolente dextérité, et par leurs compos originales, crachées au lance-flammes.

Il s'est penché vers moi :

T'as vu leur énergie ! Ils sont tellement bons !

J'ai lancé :

C'est un groupe de lycée. Quand ils seront à la fac, est-ce que tu crois qu'il y aura encore suffisamment de monde pour venir les écouter ?

Dan ne m'a pas répondu, me laissant seul avec une aigreur que je n'éprouvais pas autant que ma réaction aurait pu le laisser penser.

Martin, notre bassiste, sortait avec Rose, une fille qui se proposait de nous servir d'agent artistique, mais je n'avais jamais aimé ce concept parce que c'était déjà un secteur où l'affectif et le business étaient étroitement mêlés, l'un censé tenir l'autre en joue, et la plupart des manageuses ou des managers passaient plus de temps, de mon point de vue, à asseoir leur emprise psychologique sur les groupes qu'à leur trouver des perspectives réelles. Rose était une jolie blonde aux formes voluptueuses, avec une queue-de-cheval qui n'arrêtait pas de s'agiter quand elle parlait, et elle parlait toujours de façon volubile. La première fois que je l'avais rencontrée, je m'étais dit que si le Christ devait revenir sur terre, qu'il découvrait cette fille et qu'il y avait une paire de ciseaux à proximité, le premier geste qu'il ferait pour soulager l'humanité serait de lui couper sa queue-de-cheval.

Maxime Uriel est dans la salle ! Je vous dis que Maxime Uriel est dans la salle !

Je n'avais aucune idée de qui était Maxime Uriel. Rose a expliqué que c'était un journaliste fort réputé, un de ceux parmi la dizaine qui, à Paris, pouvait changer le destin d'un groupe.

Quel destin ? ai-je dit. Encore faudrait-il que nous ayons un destin pour pouvoir en changer.

Martin a encouragé Rose à aller lui parler en lui mettant deux vodka-pomme dans les mains.

Bravo, c'est du proxénétisme ! me suis-je exclamé.

Pourquoi es-tu toujours dans le négatif, Nico ?

Merde, c'est vrai, ai-je pensé. Je n'étais pas comme ça, avant. C'était plutôt le genre de truc que je reprochais à Andreas, l'ironie déconstructive.

On joue dans combien de temps ? a demandé Martin.

Après eux, ai-je annoncé.

Ils sont vraiment bons.

Oui. Même leur nom de groupe est meilleur que le nôtre.

Qu'est-ce que tu veux dire ? s'est étonné Martin.

Je veux dire que si Stavroguine rencontrait Peggy

Sage, il la plaquerait contre un mur et n'en ferait qu'une bouchée.

Martin, Dan, Robin et moi étions à présent regroupés devant la scène, bouche bée face à ces gamins qui nous en mettaient plein la vue. J'ai senti une main se poser sur mon épaule. C'était Andreas. Et dans son sillage, j'ai vu Anne et Laura s'approcher. Je veux dire, pour qu'il n'y ait pas de confusion sur ma perception sensible de ce monde, j'ai vu Andreas, Anne, mon groupe autour de moi, plus loin, au bar, Rose parlant au journaliste qui tendait l'oreille, et puis je n'ai plus vu que Laura. Elle était coiffée d'un béret d'où s'échappaient des mèches de cheveux d'un blond plus roux que dans mon souvenir. Je la trouvais plus petite aussi. Mais je suis resté ébloui par son allure de libellule au sourire immense. Et par sa silhouette souple, sans cassure, telle une structure animale, pas un assemblage bancal de membres dissociés les uns des autres, comme une sorte de puzzle d'attitudes.

Il y a du monde, a dit Laura, c'est cool.

J'ai confirmé d'un hochement de tête, en mordillant ma lèvre inférieure, tandis qu'en secret j'espérais que le public ne s'enfuirait pas dès que les Stavroguine auraient quitté la scène. Mon angoisse montait. J'étais en nage. Sous mon T-shirt, une goutte de sueur a lentement coulé le long de ma colonne vertébrale pour venir mourir dans le bas de mon dos.

La délivrance est venue de Charles, le frère de Dan, qui m'a discrètement murmuré :

Le groupe qui devait jouer après vous s'est embrouillé sévère dans les loges, le guitariste a pris la tangente, ils ne vont pas être en mesure d'assurer leur partie, donc j'ai proposé à la manageuse des Stavroguine qu'ils fassent un second set après vous, c'est cool, non ?

Ah ? Ils ont une manageuse ?

L'avantage à les refaire jouer, c'est que je l'annoncerai avant leur dernière chanson et ça incitera leur public à rester.

Super.

Si tu veux, vous pouvez même faire trois ou quatre chansons de plus.

On n'a pas trois ou quatre chansons de plus.

Vous n'avez qu'à faire les vieilles chansons, celles que vous jouiez l'année dernière.

Elles ne sont plus vraiment satisfaisantes.

J'ai lu dans le regard de Charles que lui aussi me trouvait à cran ces derniers temps. Mais j'étais heureux de savoir qu'il y aurait du monde. Laura était sur le point de me découvrir dans une autre situation, un jeune type moins timide, moins fragile que l'autre soir, régnant sur scène en pleine puissance. Je savais que ce choc thermique entre deux facettes d'une même personne pouvait harponner le cœur et vous procurer une émotion puissante puisque c'est de cette façon, souvent, que je tombais amoureux.

Et, en effet, quand ça a été à notre tour de grimper sur scène, j'ai atteint en trois chansons ce que tous les chanteurs cherchent à approcher. Une aventure, une extase. Dans les entretiens qu'il a donnés à Michel Archimbaud, Bacon dit que « l'important, c'est de parvenir à saisir ce qui ne cesse de se transformer ». C'est exactement ce que j'essayais de faire sur scène, travailler l'instant en mouvement, atteindre la crête de la vague, saisir l'émotion et l'essence des visages, la dévotion des silhouettes tendues vers la scène.

Parfois, je jetais des regards brûlants en direction de Laura. Je la sentais attentive, prise dans le chaos maîtrisé de la guitare, la puissance inspirée de Robin qui frappait ses peaux de batterie, et les mots éclatants qui sortaient de ma bouche, et de temps à autre elle se penchait vers Anne pour lui dire quelque chose, Anne buvait une gorgée de bière dans un gobelet en plastique, puis à son tour disait quelque chose à l'oreille de Laura qui approuvait et continuait de fixer la scène.

Quand nous sommes redescendus dans la salle, le chanteur et le guitariste de Stavroguine sont venus me complimenter, me dire à quel point ils avaient été séduits par nos chansons et ma présence scénique. J'aurais voulu capter l'attention de Laura comme un oiseau rare, et qu'elle entende ce que ces jeunes types avaient à dire à mon sujet. Je ne pensais rien de bien précis sur mon compte. Qu'une vague impression, alors que leurs compliments me nimbaient d'une réalité somptueuse. J'aurais aimé qu'elle entende ça, qu'elle suive la flèche irrésistible qui ordonnait la marche à suivre, l'élan décisif, le pli de la vague dans lequel se glisser : regarde, c'est avec lui qu'il faut que tu sois, c'est de lui que tu dois tomber amoureuse. Mais elle n'a pas écouté grand-chose, quelqu'un a hurlé sous l'emprise de l'alcool une ineptie bruyante, un type inconnu jusqu'alors est passé, séduisant chasseur, regard échangé, et elle a tourné la tête tout à fait, a planté son attention ailleurs et les compliments des laudateurs ont coulé dans le vide, les morceaux de mon cœur s'agglutinant comme une ombre, la fosse se remplissant encore, les lances des toiles de Paolo Uccello me transperçant toutes ensemble, j'étais au milieu d'un champ de bataille et on venait de me décorer pour rien, de porter en triomphe inutile un roi mélancolique à la tête d'une armée fictive.

Et là, contre toute attente, Laura a fait le genre de gestes qui précipite les rapports entre deux êtres. Elle m'a pris la main pour m'entraîner vers le bar. Je me suis laissé mener. On supporte toujours bien la dictature du bonheur. J'ai entendu Andreas dire sur un ton séducteur à une jeune femme tatouée des bras jusqu'aux chevilles : « Tu sais que ton prénom bien placé dans une partie de Scrabble peut se révéler intéressant ? », et Rose a voulu me présenter au journaliste qui ne m'a accordé qu'un intérêt superficiel, comme si j'étais l'attaché de presse de l'attaché de presse d'un artiste émergent. Il a dit à Rose : « Je suis certain que si Robert Johnson revenait aujourd'hui, il ferait du rap », et j'ai pensé : Et Mozart dans tout ça ? S'il revenait aujourd'hui, il choisirait le zouk, le métal ou l'électro ? Puis le journaliste a posé les yeux sur Laura qui se tenait toujours près de moi, et au « Bonsoir » qu'elle lui a lancé, il a répliqué : « Bien sûr que je vais passer un bon soir si vous me souriez comme ça », avant de plonger à nouveau son regard dans le débardeur de Rose. J'avais toujours été dégoûté par les types qui détournaient la politesse élémentaire au profit d'une séduction mielleuse.

Le frère de Dan, derrière le bar, a déposé devant nous un plateau de caïpirinha. Laura s'est inquiétée de savoir où était Anne. Elle m'a pris à nouveau la main et m'a entraîné dans la salle parmi les lycéens, dont certains s'étaient assis en tailleur en attendant le retour des Stavroguine. Ça embaumait la *weed*, et ça puait la bière qui commençait à se répandre en éclaboussures sur le sol. Contre un des poteaux plantés au milieu de la salle, Anne roulait une pelle à une fille dans un rythme effréné. Elle était une sorte de machine à roulage de pelles. L'efficacité d'une station de lavage auto.

C'est pas le moment de l'interrompre, a dit Laura.

Ne me lâchant pas la main, elle m'a entraîné près de la scène que les Stavroguine commençaient à réinvestir. En croisant mon visage dans un miroir, j'ai repensé à la tête de chou laissée dans mon sac au milieu des loges. À présent, elle m'accompagnait partout. Je n'avais plus vraiment l'intention de l'offrir à Laura, pourtant je lui ai lancé :

J'ai quelque chose pour toi.

Elle m'a souri. C'était un sourire d'une beauté extrême, aux yeux brillants, nacrés, et qui disait aussi que la caïpirinha n'était sans doute pas le premier verre qu'elle avait ingurgité de la soirée. Son corps sensuel ondulait sur place, sorti d'un seul et même tube de couleur. Profitant d'une accalmie sur scène, je lui ai chuchoté que ce quelque chose pour elle était en rapport avec Gainsbourg, mais au moment où j'aurais voulu étayer mon propos, les Stavroguine ont entamé une nouvelle chanson. Laura n'a rien entendu de ce que je lui racontais. À son tour, elle m'a glissé à l'oreille :

Moi aussi j'ai quelque chose pour toi.

Alors, enserrant ma taille, elle a cherché ma bouche et m'a embrassé avec ce goût d'alcool, de sucre et de citron vert bientôt complètement effacé par la chaleur et la volupté de son baiser. Je me suis enivré de ses lèvres qui suçaient les miennes, de sa langue qui s'enroulait à la mienne, ne la laissant pas s'évader, mordillant chaque tentative de fuite, chaque essai inutile de respirer ailleurs que dans ce mouvement éperdu, noyés tous les deux sous les néons rouges et bleus, tempête de décibels et de pluie métallique, tandis que les boots des Stavroguine s'agitaient à la surface comme des pêcheurs au-dessus des eaux sombres.

C'est moi qui l'entraînais maintenant, par la main. Elle essayait à peine de ralentir mon empressement. Nous avons rebroussé chemin parmi des épaules, des visages rubescents, autant de récifs passagers où se blesser sans gravité.

Où tu m'emmènes ?

Viens !

J'ai poussé une porte, et nous nous sommes retrouvés dans un couloir à l'ampoule nue qui empestait le ketchup mêlé à la friture. Je l'ai fait entrer dans la pièce qu'on nous avait assignée pour loge. Les murs étaient couverts de graffitis minuscules. Il y en avait au moins pour une bonne centaine d'années de lecture. Or, entre une centaine d'années de lecture garantie et une fille à embrasser, désolé, j'avais choisi.

J'ai attiré Laura sur le Chesterfield défoncé et j'ai pris cette fois l'initiative de l'embrasser follement.

Pas dans le cou, a-t-elle protesté. C'est trop sensible. Après, je vais avoir envie de faire l'amour.

Il n'en fallait pas davantage pour que je lui tartine le cou de baisers.

Elle s'est écartée de mon étreinte :

J'ai un copain, tu sais.

Toutes les infos que j'avais apprises par Andreas au café du Vieux-Colombier me sont revenues en pleine figure. La classe libre du cours Florent, les nunucheries à la télé qui lui permettaient de mettre de l'argent de côté pour emmener Laura en week-end, la métaphysique de l'amour selon Schopenhauer et Andreas qui prétendaient qu'à 26 ans, les êtres raisonnables et équilibrés commençaient à choisir un partenaire probant pour fonder une famille.

Décontenancé, je lui ai posé la question que tout mon être, toute mon éducation, tout mon tempérament se posaient mais que moi, tel que j'étais ce soir-là, je trouvais fort stupide de poser :

Si tu as un petit ami, pourquoi m'as-tu embrassé ?

Parce que j'en avais envie, m'a-t-elle répondu avec franchise. Et que tu en avais envie aussi.

C'est vrai. J'en crevais d'envie.

La porte s'est ouverte en grand et j'ai vu Rose et sa queue-de-cheval faire irruption dans la pièce. Elle me cherchait. Sans accorder la moindre attention à Laura, elle a tonné :

Ah, tu es là ! Maxime Uriel va se barrer, il faut absolument que vous puissiez vous parler.

J'ai haussé les épaules.

Allez, s'il te plaît ! Fais-le au moins pour le groupe !

Je reviens, ai-je dit à Laura.

Il y avait encore plus de monde dans la salle quand nous sommes sortis des loges, et nous avons mis un temps fou, Rose et moi, à atteindre le bar. Maxime Uriel était en grande conversation avec la manageuse des Stavroguine, et n'a fait aucun effort pour laisser une petite place à Rose. Il regardait la scène où le groupe continuait à dérouler son set inspiré, et il balançait la tête en approuvant ce que lui racontait la fille.

Martin a hélé Rose en agitant la main au-dessus des corps agglutinés, et elle m'a dit :

Bon, laisse tomber, ce sera pour une autre fois.

Elle m'a abandonné dans une marée de jeunes gens qui jouaient des coudes pour accéder au bar et s'en est allée rejoindre Martin avec la dextérité d'une championne de nage crawlée.

J'ai mis encore un temps monstre pour retrouver le chemin des loges, et quand j'ai poussé la porte Laura avait disparu. J'ai erré parmi les spectateurs à sa recherche. Les gens parlaient fort, pas seulement à cause de la musique mais pour la raison qu'ils commençaient à devenir très saouls. Je n'arrivais pas non plus à identifier les silhouettes d'Anne ou d'Andreas. Peut-être avaient-ils déjà filé vers leur deuxième soirée, le lieu tenu secret où devait se tenir une fête formidable.

Puis je suis tombé sur Astrid, de la fac. J'avais oublié qu'elle venait souvent à nos concerts sans oser réellement me parler quand nous descendions de scène, ce qui m'avait toujours paru bizarre, et quand je la croisais ensuite à la fac elle réagissait tout le temps avec colère ou ironie, me lançant des piques sur ma façon d'être, comme pour m'engueuler de ne pas être autant dans la merde qu'elle, ou de ne pas suffisamment m'intéresser à elle.

Cette fois, Astrid m'a lancé sans préambule :

Tu la cherches, hein ?

Pétrifié par sa familiarité et sa façon directe de me percer à jour, j'ai demandé d'une voix pâle :

Qui ça ?

Elle s'est contentée de répliquer :

Je l'ai vue embrasser ton pote Andreas.

J'ai senti mon cœur descendre de manière vertigineuse dans mon estomac. J'ai pensé au tarot de Marseille et aux cartes que j'avais tirées le jour où, devant le Panthéon, ni Andreas ni moi ne nous étions trouvés. Persuadé que cette fois, si je m'étais fait un tirage rapide, je serais tombé sur l'Amoureux et la Maison Dieu. Le doute et la dégringolade. Ces cartes sont venues s'inscrire profondément dans mon esprit au moment où les Stavroguine ont quitté la scène et où le public a commencé à gagner la sortie. Les haut-parleurs diffusaient *Disorder*, de Joy Division.

Quand j'ai rejoint les loges, mon cœur a failli lâcher une seconde fois à l'instant où j'ai compris que mon sac qui contenait la tête de chou n'était plus là. Envolé. Disparu. J'ai passé une main sur mon ventre. Mes entrailles étaient un verger de beaux pommiers en contrebas duquel s'écoulait une paisible rivière de vodka.

J'ai alors décidé de me fondre dans la nuit, sans même dire au revoir à mon groupe. Égoïste et malheureux.

Dehors, la lumière froide d'un bateau-mouche m'a scanné des pieds à la tête. J'ai retrouvé les pavés inégaux, la jeunesse inégale, le désordre intégral d'une soirée de la fête de la Musique. Puis l'odeur âcre, tiède et enveloppante d'une station de métro. Ses courants d'air affreux.

Sur le quai, une scène m'a anéanti. Elle aurait pu tenir, justement, sur un ticket de métro. C'était un couple d'une vingtaine d'années. Le garçon a tenu à la fille la porte d'accès vers la sortie, et lui a dit :

Viens, c'est par ici.

La fille a répondu :

Non, la 9 c'est par là.

Pourquoi tu veux prendre la 9 ?

Pour rentrer chez moi.

11.

L'image du Mat dans le tarot divinatoire a toujours représenté pour moi la figure de Van Gogh. Celui qui trouve son chemin à l'écart des autres, qui est prêt à prendre la route avec son incapacité à s'acclimater à ses contemporains, leur mode de vie, leur manière de penser et de s'emparer du monde.

Bacon a peint à plusieurs reprises le peintre hollandais, mais en découvrant une reproduction de son *Hommage à Van Gogh* de 1960 conservée au musée de Göteborg, j'ai compris que ma théorie du rapprochement avec *Le Jambon* de Gauguin était loin d'être farfelue. Sur cette toile, le morceau de chiffon blanc qui couvrait la tête de Van Gogh, après que son oreille avait été tranchée, était d'une blancheur semblable au gras peint par Gauguin sur le morceau de jambon.

Le vert employé pour le chapeau et le col du manteau qui servait d'armature à la tête rappelait la couleur de la table sur laquelle reposait la pièce de viande dans la toile de Gauguin. Un peu comme si Bacon prétendait que Gauguin, en peignant un jambon sur le point d'être tranché, avait eu pour ambition de faire un portrait de Van Gogh. Un portrait criant de vérité. Ou plutôt : criant la vérité. La tête de cet ami qu'il avait laissé en plan, derrière lui, l'oreille en moins.

Bacon, de par son nom et ses obsessions, s'invitait en quelque sorte à la table de ces deux peintres, non pas de manière abstraite, illusionniste ou métaphorique, mais de façon viscérale, dans une sorte de ménage à trois hautement assumé.

Délaissant mes notes, j'ai repensé à la possibilité de Laura et d'Andreas – une possibilité aveuglante, dure et impitoyable comme la lumière de midi –, puis à mon sac Herschel et à la tête de chou qu'il contenait. Le découragement m'a submergé. Pour tout dire, j'étais vraiment consterné d'avoir été si peu précautionneux avec la tête de chou.

J'avais bien aimé trimballer l'objet dans Paris d'un point à un autre, m'asseoir avec lui au cœur de la nuit dans une des corbeilles du Pont-Neuf. Il avait été une mascotte à mon désarroi, une forme concrète de mon attachement à Laura, un talisman que j'avais trempé dans mon chagrin de la même manière que Claude Lalanne plongeait les feuilles de légumes dans des bains de métal. Laura me faisait perdre la tête. La tête était perdue. Je n'avais plus toute ma tête. L'amour me faisait tourner la tête. J'avais la tête ailleurs. La tête dans le sac.

Qu'Astrid m'ait rapporté avoir vu Laura et Andreas s'embrasser me labourait le ventre. Mais quelque chose d'irréductible en moi ne voulait pas y croire. Ses lèvres seraient passées en un rien de temps des miennes à celles d'Andreas ? Il faut dire qu'elle avait beaucoup bu. Est-ce que Laura éprouvait réellement pour moi une attraction hors du commun ou s'était-elle laissé happer par l'extraordinaire intérêt que je lui portais et qui produisait suffisamment de lumière pour nous éclairer tous les deux, dans l'obscurité des nuits parisiennes ?

Enfin, pouvais-je lui reprocher de tenter plusieurs directions en amour, alors que je n'avais fait que ça dans la plupart des matières, depuis que j'étais entré à la fac ?

Finalement, j'ai décidé de lui écrire : *Paris. Capitale des amours blessées. Depuis que tu m'as lâché la main, tout semble s'échapper.*

Et puis : *Tu ne veux pas que l'on se retrouve chaque fois que tes larmes font un angle droit avec ta joie ? Tu ne veux pas que l'on frotte nos deux peaux pour se faire une idée du feu ?*

Et encore des choses comme : *Dans la grande bataille de pommes de pin, je veux être de ton côté.*

À la fin, trois pages en un souffle. J'ai glissé la lettre manuscrite dans la poche intérieure de mon blouson de cuir, puis j'ai décidé d'aller rendre visite à mon père.

Il vivait dans un petit deux-pièces de la rue du Transvaal à La Garenne-Colombes, dans le quartier des Vallées, une rue qui donnait directement sur la voie de chemin de fer. Il ne m'était jamais venu à l'esprit qu'il aurait sans doute préféré récupérer l'appartement de Montrouge, après la séparation d'avec ma mère, mais qu'il n'avait pas osé en faire la demande, sachant que sa mise en location servait à payer mon studio parisien. J'y pensais à présent, brinquebalé dans le train qui dépassait la gare d'Asnières, et je me suis senti affreusement coupable, ce qui me mettait toujours dans le meilleur état d'esprit possible lorsqu'il était question d'aller rendre visite à de la famille.

Quand mon père a ouvert la porte après mes coups de sonnette répétés, j'ai compris d'un simple coup d'œil au fourbi ambiant pourquoi Louise répugnait tant à se rendre à son domicile. Prospectus, enveloppes au contenu non élucidé, cartons en tout genre, magazines divers, encombraient en piles fortifiées l'espace de la première pièce, à l'exception d'une petite table pliante sur laquelle mon père prenait ses repas.

Entre, entre. J'étais en plein… rangement.

Ses gestes étaient rapides et fébriles comme si sa tête était ailleurs, encore dans ce qui l'occupait au moment de mon arrivée.

Tu veux boire quelque chose ?

J'ai remarqué la vaisselle sale, les tasses à café qui se déployaient à la manière d'une chenille au ventre boueux sous le robinet de l'évier, le minifour d'un autre âge constellé de taches de graisse comme si Jackson Pollock était venu faire une séance de *dripping* à La Garenne-Colombes, alors j'ai répondu que non, merci, je ne voulais rien boire pour le moment.

Même pas un coup de château Lapompe ?

Cette expression m'a procuré une bouffée de réconfort. Je revoyais mon grand-père, le père de mon père, qui pour parler de l'eau du robinet disait toujours : « Voulez-vous boire un verre de château Lapompe ? » Un peu comme si une époque déconnectée de la réalité actuelle, une époque plus douce, dans laquelle je me sentais mieux protégé, revenait me visiter avec une grâce soudaine.

J'ai regardé mon père, sa silhouette tassée, les taches sur ses mains, ses touffes de cheveux gris, sans pouvoir me rappeler à quel moment ils avaient cessé d'être noirs.

Puis il m'a surpris en train de parcourir à nouveau la pièce du regard, et il s'est confondu en excuses, d'un air penaud :

Je n'arrive pas à jeter les choses. Il paraît que c'est une maladie.

Pour désamorcer son appréhension, j'ai dit :

Ce n'est pas une maladie, c'est un syndrome. Et puis il n'y a rien de grave. Tu fais des barricades de papier. Tu es une sorte de survivaliste littéraire. C'est chic !

Il a rétorqué aussitôt, avec tristesse et sérieux :

Pour sûr que je suis un survivaliste ! Je survis à la séparation d'avec ta mère.

Il a cligné des yeux et a changé radicalement d'attitude. Dans le même élan d'enthousiasme un brin contrarié dans lequel je l'avais cueilli en sonnant à la porte, il a ajouté :

Il faut que je te montre quelque chose !

Je l'ai suivi dans la chambre. Le spectacle m'a sidéré. Son canapé-lit avait été poussé dans un coin de manière à prendre le moins de place possible. Une quantité astronomique de packs d'eau minérale encombrait la chambre, et chacun des murs était décoré d'une infinité de culs de bouteille en plastique sculptés en forme d'étoiles, ou de pâquerettes, dont le jeu des reflets et des transparences chargeait la pièce d'une atmosphère bleutée, aussi irréelle qu'étrange. C'était un peu comme entrer dans un palais byzantin sans les mosaïques sacrées, ou dans l'espace confiné d'une piscine sans les odeurs de chlore. Face à l'un des quatre murs, une caméra sur trépied braquait son objectif sur un énorme scaphandre posé au sol, un objet que je connaissais pour avoir vu mon père le rapporter fièrement d'une brocante sur les bords de Seine, du côté de Bougival, quelques années auparavant. Ce n'est qu'à cet instant que j'ai noté qu'il était vêtu d'un jogging blanc immaculé qui lui donnait des airs de Youri Gagarine ou de Buzz Aldrin.

Qu'est-ce que tu fais ? C'est quoi toutes ces bouteilles en plastique ?

C'est de l'eau. Dans dix ou vingt ans, il n'y aura plus d'eau. L'eau sera la véritable richesse. Plus indispensable encore que le pétrole. Je fais des réserves. Je prépare notre future mine d'or.

Tu ne crois pas que tu achètes beaucoup de plastique ? ai-je dit pour le mettre face à ses contradictions.

Il vaut mieux que ce soit moi qui achète beaucoup de plastique et le conserve ici plutôt qu'un abruti qui s'en débarrasse sur une plage.

J'en suis convenu.

Et cette caméra, papa ? Ça te sert à quoi ?

Ah ! regarde, a-t-il dit en faisant pétiller ses yeux à la manière d'un enfant impatient à l'idée de montrer ses derniers jouets, je m'amuse comme un petit fou.

Il s'est approché du scaphandre, l'a placé sur sa tête, a démêlé un fil qu'il avait dû récupérer sur un couteau électrique à découper le gigot, et l'a noué à sa ceinture comme un spationaute relié à sa capsule. Après quoi, il a attrapé la télécommande et a enclenché la caméra. Sur une télé minuscule qui lui servait de moniteur, j'ai vu mon père flotter dans un hyperespace figuré par les réverbérations subtiles de la lumière sur chaque cul de bouteille.

Je fais des films pour ma communauté, a-t-il expliqué. Je suis en mission dans l'espace.

J'ai écarquillé de grands yeux perplexes.

Parce que tu as une communauté maintenant ?

Oui. Tout le monde a une communauté. C'est mieux que trois ou quatre amis casse-bonbons.

Il a bougé la main comiquement. Comme un astronaute salue toutes les personnes en cravate et bras de chemise massées devant des écrans de contrôle.

Je suis content parce que j'ai réussi à me faire une combinaison qui ressemble aux Lego de l'espace que j'avais quand j'étais petit. Ils n'ont jamais réussi à refaire des Lego de l'espace aussi fantastiques pour l'imaginaire.

Et tu postes ça ?

Je fais des vidéos *live*. Parfois, j'ai une soixantaine de personnes qui me regardent en opération.

Soixante ?

Oui, je sais, on est loin des six cents millions de téléspectateurs qui ont assisté à l'alunissage d'Apollo 11, mais il faut un début à tout !

J'ai dit avec prudence :

Tu crois que maman regarde ?

Il m'a répondu sans vaciller, comme s'il s'attendait à cette question :

Sans doute. Il paraît qu'il est très fréquent que des personnes consultent la page Facebook de leurs ex-conjoints. Les statistiques pour celles qui s'y adonnent de manière régulière sont très élevées.

Et qu'est-ce que ça te ferait si maman te regardait ?

Oh, j'espère que si ta mère voit que je suis dans l'espace, elle me demandera de rentrer à la maison.

Il a souri avec résignation. Ses épaules se sont affaissées. Un frisson m'a parcouru au souvenir de ce qu'un copain m'avait raconté au sujet de la mafia japonaise qui châtiait ses ennemis en leur sectionnant les muscles et les ligaments du dos afin que ces derniers ne soient plus que des pantins. Plutôt que de demander à mon père s'il n'avait pas des problèmes avec les yakuzas, je lui ai dit, sur un ton vaillant rempli de tendresse :

Tu sais ce que tu devrais faire ? Enrober le fil du couteau à gigot avec du papier d'aluminium. Ça donnerait un effet argenté supplémentaire.

Tu crois ?

Oui.

Il m'a adressé un clin d'œil et a posé le scaphandre sur la moquette.

Nous avons regagné en silence le séjour. Je lui ai proposé de laver la vaisselle, au moins les tasses à café, que nous puissions nous en préparer un avant que je me sauve. Puis je lui ai donné des nouvelles de Louise. D'Ignacio qui n'arrêtait pas de jouer des coudes pour être le plus adulé, le plus reconnu dans la rue et dans l'estime publique qui est une sorte de rue sans trottoirs, j'imagine.

Mon père a fait une grimace et a dit :

Il faut qu'ils lui donnent le Goncourt. Sur prescription médicale. Uniquement pour le calmer.

Nos rires ont couvert le bruit de la cafetière.

Et toi, tu es avec quelqu'un ? a demandé mon père.

Plus ou moins.

Comment ça, plus ou moins ?

Oui. Plus ou moins. C'est l'âge des amours égoïstes.

Mais voyons, Nico, c'est tout le temps l'âge des amours égoïstes !

J'ai acquiescé d'un hochement de tête, puis j'ai bu à la va-vite une gorgée de café à l'arrière-goût de liquide vaisselle.

Tu pourrais te trouver un job ? a-t-il suggéré.

Pour payer le loyer de la rue des Perchamps ?

Non, je ne parle pas de ça, a-t-il répliqué aussitôt avec suffisamment de délicatesse pour ne pas me donner à penser que c'était ce qu'il espérait secrètement. Ne t'en fais pas pour ça. Je voulais dire, ça te ferait un peu de sous pour emmener ta petite amie en week-end.

Oh, elle a déjà un petit ami qui l'emmène en week-end.

Ah. D'accord.

Il a hoché la tête de haut en bas, sans trop savoir quoi faire d'autre. Puis, pris par une impulsion soudaine, il m'a demandé :

Tu n'es pas malheureux, au moins ?

Pas le temps, ai-je répondu d'une voix étranglée, j'ai trop de travail avec mon mémoire.

Ah oui ! Francis Bacon ! On ne peut pas dire que c'est un peintre qui respire la joie de vivre !

C'était bien une réplique de parents. Elle m'a fait sourire, alors j'ai dit :

D'autant que j'ai choisi de parler de son travail sur Vincent Van Gogh, qui lui non plus ne respire pas la joie de vivre. Enfin, il a eu des moments de joie pure quand même. Des moments de création.

En attendant le train pour Saint-Lazare après avoir quitté mon père, j'ai téléphoné à Louise pour lui apprendre que je venais de m'acquitter de la mission qu'elle m'avait confiée. Je n'étais pas du tout disposé à lui parler ni de la persistance du syndrome de Diogène, ni de la reconstitution poétique d'une sortie dans l'espace depuis la chambre de papa. Je ne pensais pas que Louise serait allée visiter sa page Facebook. Elle s'était créé un compte, au début, pour faire comme ses copines, mais n'y mettait jamais les pieds. Louise a décroché à la deuxième sonnerie. Je lui ai dit que j'étais passé voir papa et que je ne l'avais pas trouvé si pitoyable que ça, en forme même, il était parfois dans une dimension bien à lui, c'était sa manière de réagir à une séparation qui lui avait été imposée. Il se lançait dans la vidéo. La création permettait de rendre la vie plus acceptable.

C'est encore une des théories que tu mets dans ton mémoire ? m'a demandé Louise avec ironie.

Oh, je ne mets que des théories dans mon mémoire. Si je voulais y mettre quelque chose de concret, je ferais une peinture. Maintenant que tu m'y fais penser, peut-être que je devrais rendre une peinture à la place du mémoire.

Je ne crois pas que ce soit compatible avec l'université, a-t-elle réfléchi à voix haute.

Puis, après un silence de bien mauvaise humeur, elle m'a lancé :

Tu sais ce que maman pense de toi ?

Non.

Que tu es une version parisienne de Peter Pan.

C'est censé être un compliment ?

Je ne crois pas.

J'ai inspiré puis expiré bruyamment dans le téléphone avant de répliquer :

Quel est le premier Disney que maman nous a montré ? Quel est son Disney préféré ?

Devant le silence éloquent de ma sœur, j'ai dit :

Voilà.

Au moment où le train pénétrait au ralenti sous la verrière de la gare Saint-Lazare, j'ai reçu un appel de Charles, le frère de Dan. À la manière dont il s'exprimait, je me suis dit qu'il devait toujours porter son costume en lamé blanc. Il m'a raconté qu'un des employés de la salle de concert avait emporté par mégarde un sac à dos noir qui devait probablement m'appartenir. Il y avait un objet à l'intérieur. Volumineux et qui, mine de rien, pesait son poids.

J'ai bondi de joie. Charles se trouvait au Bus Palladium où il discutait avec le programmateur de l'organisation d'une soirée. Il me proposait de venir récupérer le sac. J'ai dit que j'arrivais dans la foulée. Je n'avais pas reçu une telle dose de dopamine depuis le moment où Laura m'avait pris la main pour fendre la foule, puis m'embrasser parmi les spectateurs du concert des Stavroguine. J'avais de nouveau des ailes. Suffisamment d'ailes pour aller jusqu'à Nation glisser mes mots d'amour dans la boîte aux lettres de Laura. Dans la grande bataille de pommes de pin, je voulais qu'elle soit de mon côté.

12.

Cyril, le directeur du Bus Palladium, portait une veste en jean sur un T-shirt délavé à l'effigie des « Hard Rock Destroy City Killer ». Il s'est levé dès qu'il m'a vu faire irruption à l'étage, dans la partie restaurant du club. J'ai englobé d'un regard la détresse de la salle vide, le genre d'endroit qui ne prend des couleurs que lorsqu'il est surpeuplé. Charles était affalé sur un des sièges en cuir matelassé. À ses pieds, mon sac à dos. Il a posé brusquement ses doigts sur les ailes de son nez, me jetant un regard vitreux suivi d'un sourire aussi vif qu'un coup de batte, avant de piquer du nez vers la table basse comme un Jumbo Jet aborderait une piste d'atterrissage dans un cartoon d'Hanna-Barbera. Puis il s'est redressé pour balbutier des présentations distraites. Cyril m'a appris qu'il avait assisté à l'un de nos concerts au Réservoir, et m'a félicité pour mes textes. L'attention m'a surpris autant qu'elle m'a touché pour la raison que les programmateurs ne vous parlaient jamais des textes, à peine plus de la musique, ils se contentaient de donner une approbation globale et de s'excuser de n'avoir qu'un forfait dérisoire pour défrayer le groupe. Sans transition, il a mentionné une *demolition party* qui aurait lieu dans un hôtel particulier du 18e arrondissement, une vieille bâtisse qui allait être transformée en hôtel de luxe. L'idée était d'y organiser une fête à tout casser, ponctuée de concerts.

Une fête à tout casser ? Normal, pour une *demolition party* ! est intervenu Charles en forçant le sourire du type qui a un humour irrésistible.

Comment va s'appeler l'hôtel ?

Le Baise en Ville.

Charles a pris un air à la fois abasourdi et impressionné, puis a hoché la tête en guise d'approbation.

L'hôtel Amour était déjà pris, a simplement commenté Cyril.

Ce serait super que Peggy Sage soit de la partie, a-t-il ajouté en se tournant vers moi. La date est à confirmer, ce sera probablement la deuxième quinzaine d'octobre.

En d'autres temps, j'aurais vu cette proposition comme un cadeau tombé du ciel. Un concert en octobre nous laissait quatre mois de répit pour la survie du groupe. Nous aurions cinq ou six répétitions au Studio Bleu, le temps de caler deux nouveaux morceaux, puis de faire tourner la setlist pour préparer l'événement. Or, à présent, je m'apercevais à quel point les concerts ne faisaient que nous maintenir en état de coma artificiel. Un leurre derrière lequel nous courions comme des lévriers à la langue pendante. D'un concert à l'autre, nous nous empêchions de détaler chacun de notre côté, de la même manière que je gagnais des portions de temps en ajournant la remise de mon mémoire, misant sur une nouvelle exposition de l'œuvre de Bacon d'une galerie à une autre. Retardant l'évidence de notre dissolution, je me voyais déjà téléphoner à mes trois musiciens en quittant le Bus

Palladium, ils seraient heureux de pouvoir jouer, c'étaient des instrumentistes après tout, et l'euphorie de l'annonce leur ferait oublier les tensions dévorantes et les trajectoires irréconciliables déjà bien entamées. Aucun d'eux ne ferait grand cas de l'ironie du concert auquel nous étions programmés : une *demolition party*.

C'est d'accord ? m'a demandé Cyril.

C'est parfait, ai-je répondu en attrapant mon sac à dos.

Cyril m'a raccompagné en haut de l'escalier, me reparlant des textes de Peggy Sage et me demandant où je trouvais l'inspiration. J'ai pensé soudain à mon père qui avait dû enrober d'aluminium le fil de son couteau à découper le gigot, et j'ai répondu :

Je dois être connecté à l'hyperespace.

Dehors, la ville vrombissait d'impatience et d'immobilité, cocktail habituel. Tout avait lieu, rien ne durait. J'ai songé à cette cité qui, d'une rue à l'autre, se transformait soit en hôtel de luxe, soit en ghetto insalubre. Plus de place pour l'intermédiaire, le milieu, la nuance, à l'image de ce qui se passait dans la société, le discours des gens ou les hit-parades.

Je me suis mis en quête d'un refuge précaire pour fuir le brouhaha de la rue Fontaine, le râle vitupérant des motos, le bitume exultant de crasse, rien qu'un abri de silence pour appeler sans tarder les membres du groupe et redonner un peu de souffle à notre horizon dégonflé.

Puis j'ai pris le métro jusqu'à Nation.

Le soir, rue des Perchamps, je me suis senti étrangement épuisé et serein, détaché de tout, comme si j'avais été libéré d'un poids en glissant des mots d'amour dans la boîte aux lettres de Laura. Même si c'était sans doute un flot de banalités compulsives enrobées de poésie, j'avais confiance en mon pouvoir. Des formules retenues trop longtemps captives avaient été expulsées sur du papier, j'étais à nouveau une feuille blanche, vierge de me faire renverser par un nouveau visage, une silhouette différente, pourquoi pas. Laura serait forcément touchée parce qu'il y avait eu quelque chose entre nous de l'ordre de l'attirance. Les mots mis sur cette attirance serviraient de passerelle, ils ne l'effraieraient pas, ne la laisseraient pas froide ou détachée comme ces déclarations qui nous flattent autant qu'elles nous répugnent, et qui loupent leur cible par manque de mystère ou d'évidence, du moins de réciprocité dans l'attachement.

J'ai punaisé sur le mur face à mon bureau une reproduction de la deuxième étude pour un portrait de Van Gogh. Celle où la silhouette du peintre hollandais se tient sur une bande de terre provençale, entre le vide symbolisé par un triangle noir et béant au premier plan, et l'une de ces structures cloisonnées qu'affectionnait Bacon, reliant deux arbres dans la partie haute du tableau. La figure de Van Gogh est en quête d'un motif qui la ramènerait à sa vérité profonde, en équilibre instable entre la cage et le néant. Évitant de glisser, la figure semble accrochée à la bande de paysage. Je venais de lire une interview du philosophe japonais Osamu Nishitani dans laquelle il disait : « La vérité, c'est un risque. Si on cherche la vérité, il faut accepter de se perdre. » J'ai pensé que c'était exactement ce qu'avait cherché à exprimer Bacon en peignant sa vision de Van Gogh sur la route de Tarascon.

Les jours suivants, je me suis mis à consulter ma boîte mail vingt fois par heure, tout en m'efforçant d'avancer dans mon mémoire.

Coincé entre la pensée de Laura, qui m'obsédait (la cage, la structure mentale), et l'absence de ses nouvelles (le vide, le trou béant au creux de chaque jour). La tête de chou sculptée trônait sur mon bureau. Elle m'accompagnait dans l'attente, absorbait mon désarroi. Le soir, je la promenais avec moi dans Paris, sac sur l'épaule. Souvent, elle me parlait. Dans les rues, elle me disait qu'on n'habite jamais que des passages, et au Palais-Royal ou à Saint-Germain, elle me soufflait que toutes les arcades sont sourcilières. Je lui racontais Laura. C'était comme dans un livre de Salinger où le mystère et le charme viennent du fait que les protagonistes s'entretiennent de personnes qui qui n'apparaissent pas dans l'histoire. Je la nommais en moi par son absence. Après tout, dans la salle de billard de l'Olympia, il n'y avait pas de billard.

Trois jours plus tard, j'ai reçu une lettre manuscrite dans ma boîte aux lettres. Sans timbre postal. Depuis la disparition des moineaux, il y avait suffisamment de corbeaux et de pigeons dans cette ville pour me l'apporter.

Mon petit Nico,

Je viens de lire et relire ta lettre. C'est à mon tour de t'écrire. Excuse mon écriture de nulle, excuse mon style, excuse beaucoup de choses, trop de choses mais…

Il y a un mais. C'est beau ce qui se passe entre nous, très beau même. Mais je pense que c'est trop. Il ne faut pas, on est de très bons amis, tous autant que nous sommes.

Je t'aime beaucoup, Nico, c'est ce que je t'ai dit rue de Lappe et le soir de la fête de la Musique, et c'est ce que je ressens très fort. Mais il y a beaucoup de mais. Il y a les autres, il y a Alexis surtout. Alexis, ce garçon qui m'a fait vibrer.

Nico, un jour très bientôt, avant les vacances, on va aller dîner tous les deux et on va se parler. J'ai envie de te dire beaucoup de choses, à toi qui m'as écrit la plus belle lettre que j'aie jamais reçue, toi qui as provoqué les plus beaux silences, toi à qui je n'ai pas répondu, toi à qui je n'ai pas pu écrire. À toi…

Alexis m'a téléphoné tout à l'heure. Il est en tournage à l'étranger mais va revenir à Paris avant la fin de l'année. Même si je l'ai aimé, même si je l'ai haï, même si beaucoup de choses se sont passées entre nous… il est près de moi.

Je suis désolé de te dire ça, toi qui m'as comprise, toi avec qui j'ai parlé, mais c'est quelqu'un que je respecte. Il y a bien entendu des hauts et des bas. Depuis quelques mois, c'était en bas, il fallait que je l'oublie, mais depuis peu c'est revenu grâce à ou à cause d'un coup de fil, d'un malheureux coup de fil où il a essayé de me redonner espoir, et y est parvenu.

Même si ce n'est pas le genre de personne qui me convient, il a réussi à faire éclore en moi un sentiment nouveau.

Pourquoi est-ce que je te parle de ça ? J'en suis désolée...

Mais, tu sais, j'aime te parler franchement, même si les fois où on s'est vraiment parlé j'étais plus ou moins (plutôt plus que moins) faite. Il n'empêche que je me souviens avec plaisir de nos soirées.

Nico, j'espère que tu ne vas pas m'en vouloir de t'avoir raconté ce genre de choses mais sache que je t'adore et que ce qui se passe entre nous ne doit en aucun cas s'arrêter.

Je ne sais pas ce que tu m'as fait mais il y a quelque chose de beau qui ne doit pas s'arrêter. Pour rien au monde, je ne veux te laisser tomber. Je ne sais pas ce qui se passe mais dis-moi tout (tout ce que tu veux). Ose te vider et alors moi aussi j'oserai le faire.

Je t'embrasse très fort, à t'en étouffer, et attends avec beaucoup d'impatience tout signe de vie de ta part. Écris-moi, je t'en prie.

Je t'embrasse. Je t'aime beaucoup.

Laura

J'ai relu la lettre une bonne dizaine de fois. Goûtant son âpreté, savourant sa douceur. Je suis allé trouver ma plus proche confidente, la tête de chou posée sur mon bureau, et lui ai dit :

Pendant que l'un peint des toiles, l'autre se prend des tôles.

Je l'ai vue esquisser un sourire dans la pénombre. Pourtant, tout n'était pas si sombre. La lettre de Laura révélait l'élan contradictoire qui l'animait. Tout compte fait, elle sonnait comme une lettre d'excuses. Une lettre d'excuses de Laura envers elle-même, pour lui permettre, dès que l'occasion se présenterait, de m'embrasser à nouveau.

13.

Andreas était comme le secrétariat de l'université : disponible deux heures par jour, tandis que le reste du temps le mystère régnait. Que pouvaient donc bien traficoter les filles du secrétariat derrière leurs portes closes ? Consommaient-elles de la pornographie ? Se transformaient-elles en étudiantes pour se mêler à la population bigarrée des amphis comme dans cet épisode de *The Twilight Zone* où, dès que les magasins ferment, les mannequins en devanture s'extirpent de leurs vitrines pour aller s'enjailler en ville ?

Il fallait que je parle à Andreas. Lui seul avait pu donner mon adresse à Laura. Peut-être était-il au courant de tout. Des sentiments que j'éprouvais pour elle, du contenu brûlant de ma lettre qu'elle avait dû lui lire, au lit, lovée entre ses bras. Mon imagination terrible me laissait entrevoir le pire. Je les voyais tous les deux se jouer de moi, même pas par perversion, mais parce qu'il fallait bien occuper son temps libre d'étudiant parisien. Ce même Andreas qui, après avoir fait l'amour à Laura et qu'elle lui avait lu ma lettre, l'aurait incitée à m'écrire en retour. Allons, cette pâle copie des *Liaisons dangereuses* ne tenait pas debout.

A commencé pourtant à se propager dans ma tête le désastre de la révélation, Andreas et Laura, leurs amours clandestines dans le dos d'Alexis, le copain officiel mentionné dans la lettre.

Mille petites choses sont remontées à la surface telles les lumières scintillantes des bateaux-mouches par-dessous les planches en bois du pont des Arts, comme ce fameux soir où ils étaient arrivés ensemble sortis tout droit du chapeau du hasard, si tant est que le hasard se coiffe d'un chapeau avant de sortir.

Une autre pensée me travaillait, maintenant que le retour de l'amoureux mystère était annoncé : la tête que ferait Andreas. Oui, il était à nouveau question de tête. La tête qu'il ferait si, de son côté, il s'était attaché à Laura de manière aussi inconditionnelle que moi.

J'ai décidé d'appeler Jim, qui m'avait laissé son numéro. Derrière sa bonne humeur à l'américaine en mode répondeur automatique, j'ai compris qu'il n'allait pas très fort. Victime de la bouteille de vodka de trop. Il m'a expliqué qu'il s'était laissé prendre par Paris comme un vulgaire provincial de 18 ans, et que, le jour de la compétition de basket, il avait vomi sur le terrain, déposant une galette bien chaude sur le revêtement en vinyle, ce qui n'avait plu ni au coach, ni à ses coéquipiers, ni à l'État du Massachusetts. Mis à l'écart, il attendait à présent que la compétition se termine pour se faire rapatrier aux États-Unis. Aussi rejeté qu'un ptérodactyle dans une réunion d'étourneaux, mais bien décidé à faire la fête, chaque soir, car quand le banc de touche s'appelle Paris, pourquoi continuer à suivre la compétition ?

Nous sommes convenus de nous retrouver dans un bar à la mode du 18e arrondissement. Et, le plan se déroulant à merveille, il m'a suffi de dire sur un ton détaché avant de raccrocher :

Ce serait sympa que les autres nous rejoignent.

Crazy ! a fait Jim.

J'ai inscrit un panier décisif en disant :

OK, alors tu les préviens ?

Le rendez-vous avait été fixé le jeudi soir. Je suis resté enfermé jusqu'au jour fatidique, à me persuader que j'avançais dans la rédaction de mon mémoire. J'en suis sorti avec un excès de livres dans le sang. Le découragement et l'impatience répandaient leur poison. Des oiseaux que je n'arrivais pas à identifier passaient dans le reflet de mon écran d'ordinateur.

J'ai ouvert une fenêtre sur les réseaux sociaux pour tomber sur des photos d'Inès. Son installation en Allemagne, ses soirées détendues entre voisins et colocataires. Des filles qui portaient des piercings à la narine ou sur la langue, des cheveux rasés ou très longs, du genre à repeindre les murs des écoles avec des fleurs en buvant du jus d'herbe. L'image que je me faisais de Berlin aujourd'hui. Je trouvais Inès magnifique sur les photos. Plus belle encore, avec la distance, le souvenir de notre nuit ensemble, le verdict implacable de notre éloignement. J'espérais ne pas passer ma vie à m'attacher aux gens au moment où ils me fileraient entre les doigts. La pire des sanctions pour le cœur. De toute façon, j'étais aux prises avec ma fidélité idiote à Laura. Une fidélité pour des prunes.

Au nom d'une émotion à la revoir et d'une angoisse à la perdre plus puissantes qu'une drogue.

Quand je suis arrivé devant le bar, Jim était déjà en grande conversation avec Andreas et Dan, attablés devant des pintes de bière à l'intérieur, dans un renfoncement aménagé d'un canapé en cuir et de tabourets en velours. Jim m'a présenté Joshua, un autre Américain, lui aussi recalé de l'équipe de basket pour cause de bras dans le plâtre.

Ce qui m'a contrarié avec ce Joshua, c'est que je l'ai trouvé immédiatement séduisant. Visage sculpté dans le mont Rushmore et dents d'une blancheur impeccable. L'Américain sain et protecteur. J'ai redouté qu'il ne séduise Laura avec son sourire ravageur, sa voix qui descendait sciemment dans les graves, son physique de blockbuster. J'ai noté aussi qu'Andreas avait le regard éteint. J'ai songé aux informations contenues dans la lettre de Laura jusqu'à ce que Dan interrompe mes pensées :

J'ai parlé avec une fille qui s'appelle Astrid. Elle vient souvent aux concerts.

J'ai haussé une épaule dans le vague et dit :

Oui, peut-être.

Elle veut coucher avec toi.

Qu'est-ce que tu racontes ? On est au lycée ou quoi ?

Si seulement, a grimacé Dan. On aurait encore l'avenir devant nous.

Elle me prend pour un nanti désinvolte, désintéressé de tout. Elle n'a pas du tout envie de coucher avec moi, elle veut me faire culpabiliser.

Ça arrive, est intervenu Andreas. Par exemple, il m'est arrivé de coucher avec des filles pour comprendre ensuite que c'était leur manière de me faire culpabiliser.

Il s'est efforcé de sourire mais j'ai vite compris que le cœur n'y était pas. L'Américain au bras en écharpe s'est fendu lui aussi d'un sourire poli, bien qu'il n'ait pas dû saisir grand-chose à la subtilité. La serveuse a fait irruption pour prendre ma commande. Un verre de vin blanc. Chardonnay, Clos des Six ouvrées.

Nous étions installés près de la baie vitrée qui donnait sur le trottoir. La circulation ne faiblissait pas.

Quand on se souvient des voitures des années 60 et 70, a fait remarquer Dan, on se demande comment des générations successives s'y sont prises pour laisser tomber le style.

Le style, c'est nous !

Anne et Laura sont arrivées dans mon dos. Anne avait les cheveux entièrement roses, façon licorne, et portait un jean délavé et un T-shirt à l'effigie de Mister T, l'ancien garde du corps qui avait joué dans *Rocky 3* et *L'Agence tous risques*. Jim et Andreas se sont aussitôt levés, Andreas s'est juché sur un bras du canapé, et les filles ont pu s'installer sur le canapé.

De quoi vous parliez ? a demandé Anne.

On s'impatientait de votre présence, ai-je dit, espérant bêtement la mettre dans ma poche avec une flatterie toute pourrie, tel le preux chevalier de ses interrogations.

Elle a esquissé un sourire qui ne traduisait rien d'autre qu'un intérêt désarticulé. Je n'étais pas disposé à me faire hara-kiri, loin de là, pour la raison que cette fille ne semblait pas faire grand cas de ma présence en ce monde, mais je ne pouvais que me sentir blessé de ce manque de complicité entre nous. Après tout, elle était la confidente de Laura, partageait le même appartement, la même chambre, les mêmes apparitions aux soirées.

Tout à coup, le flash de la révélation. Le souvenir affleurait clairement. Avant même que je ne rencontre Laura à cette soirée du 31 décembre, je les avais vues toutes les deux, Anne et elle, descendre la rue de Rennes, bras dessus, bras dessous. La rue de Rennes telles des reines, oui, on ne pouvait pas être plus explicite. Leur allure m'avait fasciné, je les avais trouvées splendides, picturales, inaccessibles. Sans les connaître, leur image s'était incrustée en moi, et j'avais retrouvé Laura quelques semaines après. Peut-être avais-je cherché à créer des moments avec elle à partir de cette première fascination ? Avec la révélation de sa présence sur terre pour impact originel.

Mister T, s'est extasié Joshua en désignant le T-shirt d'Anne. *What does it mean ?*

Elle a froncé les sourcils et répliqué aussitôt :

Ça veut dire que celui qui est trop tenté de reluquer mes seins risque de s'en prendre une à tout moment.

Il y a une super photo de Mister T en Père Noël avec Nancy Reagan sur les genoux, est intervenu Jim. C'était pour le Noël de la Maison-Blanche. Nancy lui fait un baiser sur le front, c'est une photo très optimiste.

Merci, ai-je lancé à la serveuse qui m'apportait mon verre.

Elle a pris la commande de Laura et d'Anne :

Spritz !

En parlant d'optimisme, connaissez-vous la phrase de Francis Bacon ?

Sans attendre de réponse, je l'ai citée : *I am optimistic about nothing.*

Qui est Francis Bacon ? a demandé l'Américain à l'écharpe.

Un peintre anglais, a répondu Andreas. Nico fait son mémoire sur lui.

Pas vraiment sur lui, ai-je rectifié. Plus précisément sur une série de toiles qu'il a peintes d'après un tableau de Van Gogh. Un tableau qui a été brûlé pendant la guerre : *Le Peintre sur la route de Tarascon.*

Heureusement que Van Gogh était peintre et pas musicien, a ironisé Dan. C'eût été un peu con d'avoir l'oreille musicale et de se la couper.

J'ai visité le musée d'Orsay samedi dernier, a dit Jim, et vous savez ce que j'ai fait après la visite ? Eh bien, j'ai acheté une carte postale à la boutique du musée. Une toile de Monet. Pour l'envoyer à un ami d'enfance qui est devenu trader à New York. J'ai juste écrit au dos de la carte : *It's all about Monet.*

Anne et les Américains ont éclaté de rire. Laura a souri et m'a regardé pendant que mon sourire, camouflé par la blague de Jim, a pris ses aises en toute innocence pour répondre au sien.

En parlant de Maison-Blanche, a poursuivi Jim, vous saviez que le président des États-Unis Ulysses Grant s'était fait injecter du cognac à la seringue, en plus de la morphine, pour soulager ses douleurs sur son lit de mort ?

Il est mort de quoi ? a demandé Laura.

J'aimais l'observer en douce s'intéresser à certains aspects d'une conversation. Ses clavicules se tendaient, son cou s'allongeait. La manière dont son corps se projetait tout entier dans une question posée me fascinait.

D'avoir fumé trop de cigares sur les champs de bataille, a répondu Jim.

Le type a fumé trop de cigares et il s'injecte du cognac ? s'est étonné Dan.

C'est parfait, a dit Laura. Bon vivant jusque dans la mort.

C'est vrai qu'on peut de nouveau boire de l'absinthe en France ? a demandé Joshua.

Bien sûr, a confirmé Andreas. Dans un verre d'absinthe, il y a surtout beaucoup d'eau fraîche, et des neurotoxiques en quantité si faible que ça ne peut pas être nocif. Quand j'ai visité la distillerie Combier à Saumur, le distillateur m'a affirmé que pour atteindre la dose qui pourrait rendre fou, il faudrait consommer l'équivalent d'une piscine olympique en une seule fois.

Il paraît que Verlaine et Rimbaud étaient de sacrés nageurs, ai-je dit.

Jim a fait : *Crazy*.

J'ai demandé :

Connaissez-vous ce poème qui s'appelle « Le nageur d'un seul amour » ?

Le silence est remonté lentement à la surface, plusieurs non pour appui, et ce qui devait arriver est arrivé. Laura a dit qu'elle allait dehors pour fumer, Joshua a décrété que lui aussi. Je les ai regardés, impuissant, se lever tous les deux, naviguer entre les tables pour gagner l'extérieur, et, à travers la paroi vitrée, Laura aider Joshua, avec son bras en écharpe, à allumer une cigarette, l'un au plus près de l'autre, la flamme du briquet battue par le vent, Joshua décidant de s'emparer du briquet dans sa main gauche, de presser la pulpe de son pouce contre la roulette, et Laura de mettre ses mains en conque. Dans cette manœuvre, leurs doigts se sont touchés, ont produit une électricité que, depuis mes ténèbres, j'imaginais aussi puissante en lumière qu'une pluie d'étoiles filantes. Je les ai vus se rapprocher encore un peu. Ils ont ri de quelque chose que je n'ai pas entendu.

Depuis quand les Américains se remettent à fumer ? ai-je marmonné dans le vide.

Dan a écarquillé les yeux. Puis il a entrepris de me parler de Peggy Sage, mais mon esprit n'a fait aucun effort pour assimiler la moindre de ses paroles. J'étais dans un sas entre deux univers. Purgatoire pour mon cœur. Comme l'hyperespace dans lequel mon père se projetait et se complaisait, dans une fausse échappatoire. Imperméable à ce qui se produisait entre Laura et Joshua, imperméable à ce qui se racontait à l'intérieur du café, les récriminations défaitistes de Dan sur le groupe, l'emploi du temps qu'il faudrait aménager avec le départ de Robin pour Bordeaux, j'étais seul comme on l'est toujours dans la traversée de cette vie, en fin de compte, du moins la plupart du temps, mais de manière exponentielle, comme un insecte pris entre deux lamelles de verre. Je n'avais pas le choix, j'ai réagi avant de ne plus pouvoir respirer :

Je vais aller fumer.

Mais tu ne fumes pas ! s'est étonné Dan.

Bien sûr que je fume !

Je ne t'ai jamais vu fumer.

Je ne fume que des américaines. Je vais aller en taxer une à Joshua, puisqu'il est américain.

Je me suis levé aussitôt, laissant mes volutes de mensonges enfumer l'atmosphère. Andreas a stoppé net sa conversation avec Jim pour me suivre des yeux, une expression étrange collée sur le visage.

Dehors, Laura et Joshua se racontaient tranquillement. Enfin, elle se racontait, et lui se la racontait, c'est comme ça que mon pauvre cœur l'a perçu, aveuglé par la passion, blessé par l'irrésistible besoin de prendre dans ma bouche la langue de Laura, son cou nu, la forme admirable de ses seins, ses tétons, de baiser ses poignets, de suivre de mes lèvres chacune de ses veines et remonter à leur source, de me perdre dans la masse ondoyante de ses cheveux.

Les deux fumeurs m'ont fait une frêle place au milieu d'eux.

Tu veux une cigarette ?

Non merci, je ne fume pas. Bien que Paris soit un champ de bataille, je n'ai pas envie de finir comme Ulysses Grant.

Laura a approuvé d'un sourire, Joshua a écrasé sous sa semelle sa clope à demi consumée, et il a fait signe à Laura qu'il retournait à l'intérieur. Par chance, il ne s'accrochait pas. J'en avais tellement vu s'accrocher à des filles que je convoitais, des morfals, des relous de première catégorie, que par un orgueil déplacé j'avais laissés courir à leur destin pour ne faire qu'une bouchée de leur proie, la nuit venue, l'alcool aidant.

Ça va depuis la dernière fois ? m'a demandé Laura.

J'ai dit, sans dissimulation :

Tu me manques terriblement.

Tu ne m'as plus écrit ? Pourquoi ?

J'ai botté en touche par un nouveau sourire. Sa lettre m'avait tétanisé, mais me tenir près d'elle, tout contre elle, me faisait oublier ce qu'elle m'y avait défendu. Son fatras de barricades raisonnables dressé avec des mots. Je me suis souvenu de ses baisers. Me suis dit que peut-être j'aimais passionnément les êtres qui avaient plus d'adhérence que toutes les chansons que je pourrais écrire. Et pourtant, l'écriture restait pour moi la plus valable des aventures. Mieux qu'une traversée du réel à la nage.

Je n'écris qu'aux filles qui m'embrassent. C'est mon encre.

Parce qu'il y en a beaucoup ? s'est-elle insurgée dans un sourire, piquée au vif.

J'ai répondu par une moue qui se voulait énigmatique, mais face à l'intérêt que me portait cette fille, les mystères dont j'étais capable n'opposaient pas plus de résistance qu'une escouade de canetons à l'arrivée du TGV.

J'ai jeté un coup d'œil inquiet à l'intérieur du café. Redoutant qu'à tout moment quelqu'un ne surgisse, ne nous dérange. Dan, ou pire, Andreas. Ou pire, Anne.

On se casse ? a dit Anne.

Elle était arrivée pile au moment où j'allais avouer à Laura : « J'en crevais de n'être pas assis près de toi à cette table de café. Chaque fois que je ne serai pas assis près de toi, il faut que tu saches que je serai mort de l'intérieur. » Mais Anne a déboulé...

Elle a expliqué :

Les Américains veulent aller danser.

On pourrait aller au Bus Palladium, ai-je proposé, c'est à côté. Je connais le patron, il nous a obtenu un concert en octobre, une *demolition party* qui va faire date dans l'histoire de la musique.

Diantre ! s'est écriée Anne avec ironie. Je vais chercher les autres et on se casse.

Il est tôt, a constaté Laura. On pourrait aller manger un morceau.

Andreas a proposé le Royal Belleville. Il serait simple ensuite de redescendre vers l'ouest jusqu'à la rue Pierre-Fontaine et l'endroit serait assez exotique pour plaire aux Américains. Il fallait leur faire découvrir ce lieu, restaurant des heures d'errance pour les familles du quartier et les noctambules déshérités, avant ou après les sorties au cinéma, les concerts. On rejoindrait le Bus Palladium vers 1 heure du matin, l'heure décente, l'heure des braves. Pas celle des puceaux qui n'ont que la permission de minuit dans la poche, et aucune poche sous les yeux le lendemain pour aller en cours.

Dans le restaurant aux grandes baies vitrées qui donnaient sur l'extérieur, le boulevard et la nuit, j'ai prié de tout mon cœur pour que Laura manœuvre afin de s'asseoir à côté de moi. Qu'elle le désire autant que je le mendiais en secret.

Mais ce n'est pas ce qui est arrivé. Andreas s'est débrouillé pour qu'elle se glisse en premier en bout de table et tout de suite il s'est installé à côté d'elle, plus pour dissuader les ardeurs de Joshua que pour nuire à ma soif tout en sourdine et en souffrance de me retrouver collé à elle. C'est du moins comme ça que je l'ai interprété. Ensuite, qu'est-ce que j'ai appris de Laura pendant ce dîner ?

Elle fume abondamment (je le savais déjà).

Elle peut s'engager tout entière dans une conversation et si elle passe subitement d'un échange à un autre, il lui arrive de garder l'intonation du précédent, une exaspération, une révolte, un ton passionné, pour se couler dans le suivant d'un tout autre registre, ce qui peut entraîner des moments cocasses.

Elle demande un nuage de lait avec son café. Elle ne dit pas une noisette, ou un café avec une goutte de lait, elle dit : un café nuage.

Au Bus, un duo rock électro, Noroy, nommé d'après un vent breton, a joué une musique dansante et hypnotique pour la salle où flamboyaient les silhouettes. Visages pâles et peaux rouges de la condensation, parterre de filles qui se trémoussaient, les bras en l'air ou le long de leurs corps ondoyants, une bouteille effilée à la main. Les premiers gimmicks de guitare ont vite entraîné les danseurs dans une vague unanime.

Les Américains ont commandé deux bouteilles de vodka et une demi-douzaine de bières Desperados. Dan a fait tout un laïus sur les vertus antiseptiques de la vodka. Joshua a rejoint la piste malgré son bras plâtré, se dandinant de manière assez ridicule, comme un premier de la classe à un baptême de rodéo.

Laura a insisté pour que je l'accompagne. Elle m'a tendu la main et je me suis laissé faire. Pour le contact des peaux. Je l'ai suivie comme son ombre et nous aurions pu nous découper du décor et nous retrouver ailleurs, dans une capitale étrangère, un champ de blé aux corbeaux, ou sur un *skate park* désert éclairé par la pâle lueur d'un réverbère. La boule stroboscopique accrochée au plafond distribuait au sol et sur les silhouettes des taches blanches, comme si la lune venait d'être passée à la râpe à fromage. Laura m'a enlacé de ses bras immenses et fins et m'a attiré à elle. Je souffrais que mon corps ne soit pas aussi musclé que celui de Joshua. Ma gaucherie à danser me faisait ressembler à une sorte de Shiva aux bras cassés. Elle a niché sa tête dans mon cou, a cherché mes lèvres par petites touches, puis m'a embrassé. Je n'étais pas de taille à renoncer à la magie de l'instant pour lui demander, par exemple, ce qu'il en était des prochaines retrouvailles avec son copain, et des obstacles ou des refus que sa lettre listait. Il aurait été idiot de faire arrêter la musique et d'exiger des explications sur son comportement. Surtout quand sa décision à l'abandon jouait en ma faveur. Diable, ce qu'elle embrassait divinement. Ses baisers avaient le goût de l'alcool et de la cigarette, au départ, peu importe, puis c'était un baiser de fraise au-dessus du vide. J'étais ivre de son parfum entêtant, captivé par son odeur. Je voulais la posséder, posséder sa silhouette, bouleverser son cœur, ne jamais la laisser repartir seule, le soir, quand Paris vous chasse d'un coup de métro, et que tout ce qui vient d'être vécu est rangé dans une boîte, comme au temps des cinémas où le projectionniste devait changer la bobine de film pour passer à la suivante.

14.

Laura partait trois semaines en Espagne. Chez qui, avec qui, je n'osais prendre le risque de m'en informer. Par instinct de survie. Le mois d'août promettait donc d'être une longue journée de dégrisement. J'avais prévu de passer un peu de temps avec ma mère, dans la maison qu'elle louait, comme chaque été, à Blonville-sur-Mer. Ma sœur et son mec devaient nous rejoindre. La plage était assez grande pour que nous ne tombions pas les uns sur les autres, et je prévoyais de toute façon de rester enfermé pour travailler sur mon mémoire, puis, en fin de journée, d'attraper un vélo et de parcourir la campagne normande, pédaler pour ne penser à rien, comme une vache, même si l'expression est peut-être mal choisie parce que les vaches passent leur temps à ruminer et n'ont pas vraiment la possibilité de s'écarter les unes des autres, d'aller voir si l'herbe est plus tendre dans le pré d'à côté ; espérons qu'elles ne connaissent pas l'incorruptible attente et les peines de cœur.

De quoi devais-je me plaindre ? Laura s'intéressait à moi, passait ses bras autour de mon cou pendant que nous dansions, comme les particules de glace d'eau tournent autour de Saturne dans le vide infini du Système solaire. Elle m'avait embrassé une fois merveilleuse, et cela se reproduisait dans le temps, dans Paris le jour et la nuit. Pourquoi le cœur ne pouvait-il s'en contenter ? Ce que j'éprouvais pour elle était inquiet, jamais comblé, débordait sur le reste, contaminait tout. Je n'avais pas beaucoup d'expérience en relation amoureuse mais notre histoire me semblait gouvernée par le flou, l'ombre crispante et les liens lâches. Je dilapidais des soirées entières avant qu'elle ne me fixe ou n'accepte un nouveau rendez-vous, juste pour sortir, aller dîner deux petites heures. En cas de deux petites heures, il y avait toujours quelque chose ou quelqu'un pour s'interposer dans le plan, dans le passage. Anne, la plupart du temps, qu'il fallait consoler, materner, rejoindre ou accompagner quelque part. On se retrouve après, si tu veux ? Je t'appellerai. J'attendais toute la nuit son appel. Après n'arrivait pas.

Quelques jours avant mon départ pour la Normandie, j'avais vécu des semaines éreintantes à me traîner à la bibliothèque ou à visiter des expositions, accroché à un téléphone dont je mendiais le moindre signal, perdant de l'intérêt et de la vitalité pour le reste. Boulevard Saint-Michel, j'avais croisé mon directeur de mémoire qui s'était inquiété de ma mine huileuse. Je lui avais répondu que je travaillais dur.

Le nez plongé dans les livres, vous devez connaître ça, monsieur Fabis ?

Un instant, dans l'éclat de ses yeux, j'avais cru lire une espièglerie peu coutumière qui disait : « Ne vous en faites pas trop, ce n'est que de la peinture après tout. »

Soumis à une cavalcade immobile de nuits blanches et anxieuses, je ressemblais de plus en plus à la figure de Van Gogh sur la route de Tarascon. Visage livide, ombre chiennasse. Sur la route d'un amour qui n'avait ni départ ni destination. J'étais prêt à glisser à tout moment dans un pli du paysage, et si je tenais encore debout c'était par une force insoupçonnée, athlétique, convoqué malgré moi aux Jeux olympiques du chagrin d'amour.

Alors, je passais des nuits entières à écrire à Laura. De la poésie que je ne lui envoyais pas, la jugeant idiote et convenue. Fleur bleue, nunucherie épouvantable, dégueulis de roses. Les mots avaient cependant l'avantage de panser mon chagrin. Ils passaient l'éponge sur l'ardoise de mes nuits blanches. Rien de ce que je vivais alors ne me paraissait simple ou couler de source. Aller à la boulangerie ou au Lavomatic, une épreuve. J'étais au milieu d'une aventure avec Laura. Je venais de commencer un tableau. Il faut beaucoup d'efforts pour s'engager dans une aventure artistique de l'ordre du portrait. Il faut avoir confiance en son modèle comme en soi. Une confiance double. Surhumaine comme l'amour. Presque aveugle, pour y voir clair.

Quand je suis enfin arrivé dans la maison de Blonville, ma mère a constaté à quel point j'étais fatigué.

Comment s'appelle ce fromage blanc que tu aimais tant quand tu étais enfant ?

La faisselle.

Eh bien voilà, c'est la mine que tu as.

Merci maman. Je vais essayer de ne pas me manger à la petite cuillère.

Et ne te mets pas non plus à hanter la maison comme un spectre ni à traîner en caleçon au petit-déjeuner, surtout quand le fiancé de ta sœur sera là. C'est un écrivain, il a besoin de respect, de considération, et de calme.

Je ne me promenais jamais en caleçon dans l'appartement ou la maison. Elle devait confondre avec mon père.

J'aimais beaucoup ma mère, elle pouvait être très dure, très généreuse aussi, et pas du tout conventionnelle. À l'image des êtres qui s'en sortent le mieux dans la vie.

Les trois premiers jours de vacances, elle était vraiment motivée pour se rendre au marché de Deauville et nous cuisiner des légumes de saison, des salades de fruits frais, elle était le genre de personne à partager sur sa page Facebook un article qui vantait les bienfaits de l'ail des ours, et puis elle garait toujours sa voiture dans une rue adjacente à la pizzeria Il Parasole dont les effluves de pâte cuite embaumaient le voisinage, et comme elle était très sensible aux odeurs, cela faisait trois repas de suite que nous mangions de la pizza.

Au bout de quelques jours cependant, la cohabitation avec ma mère m'a pris le chou (j'avais emporté la tête sculptée avec moi, pas question de l'abandonner à Paris). Elle n'arrêtait pas de punaiser mon moral au grand vide de cette année, me demandant à tout bout de champ ce que je comptais faire après mon mémoire.

Je détestais tout particulièrement sa phrase signature : « Il va bien falloir que tu trouves un travail. Je ne vais pas être là éternellement. »

À chaque fois, j'étais tenté de lui répondre : « Tu aurais dû dire ça à papa dès le départ, *je ne vais pas être là éternellement*, il aurait pris ses dispositions. » Mais je ne disais rien, n'ayant jamais supporté de blesser quiconque inutilement. Quant à la première intention de sa phrase, je n'en faisais pas grand cas, j'avais décidé de miser sur la vie éternelle des personnes qui étaient importantes pour moi, c'était peut-être égoïste, et un jour cela me retomberait dessus, mais c'était ma manière de m'en sortir, de me sentir moins seul.

La maison avait des volets bleus, un toit en triangle et une façade en lattes de bois peintes de la couleur des volets. Sur le devant, une pelouse constellée de boutons-d'or, fermée par une palissade envahie par la fougère, la vigne vierge et le laurier. La chambre qui m'était assignée à l'étage disposait d'un lit d'une place et demie (au cas où je rencontrerais ma demi-moitié), d'un bureau riquiqui et d'une chaise pliante. Son intérêt résidait dans la grande fenêtre. En me penchant un peu, j'apercevais un ongle de mer, et l'essentiel de la vue englobait une pente de toit où gambadait un écureuil roux pétrifié en épi de faîtage.

Nous n'étions qu'à cinq minutes à pied de la plage. La monitrice du club Mickey avait de longs cheveux bruns que le vent faisait courir sur ses épaules. Elle avait à peine deux ou trois ans de moins que moi. J'aurais voulu qu'elle m'obnubile au point de me faire oublier Laura, mais je ne voyais pas comment engager la conversation. Le mieux que je pouvais faire pour me faire remarquer d'elle consistait en deux ou trois allées et venues devant la palissade qui délimitait l'accès au club, ou m'asseoir sur un banc à faire semblant de lire ; les livres étaient aussi faits pour ça.

À marée basse, la plage de sable devenait immense. Difficile à troquer pour le souvenir de Paris, les rues de Montmartre en pente, crasseuses et remplies de jeunes gens éméchés qui, du jeudi au samedi soir, y déversaient leurs illusions et leur bile. Pourtant Paris me manquait terriblement. C'était le lieu par excellence où on pouvait pleurer tranquille toutes les larmes de son corps dans l'indifférence générale.

Le mardi de mon arrivée à Blonville, j'avais reçu un mail d'Inès qui m'informait qu'elle débarquait à Paris pour le week-end, qu'elle aurait aimé me voir, elle avait une quantité de choses à me raconter, la quantité de choses s'appelait Berlin, mais, tout compte fait, rentrer à Paris sans la possibilité de rejoindre Laura à une heure improvisée, sans même la possibilité de l'impossible, était au-delà de mes forces.

J'avais adoré faire l'amour à Inès, la tenir dans mes bras pendant qu'elle jouissait en un soubresaut comblé, mais rien n'égalait la pulsion et l'apaisement, le sentiment de bien-être et d'interdit à me tenir à côté de Laura parmi et au milieu des autres. J'aimais me tenir près d'elle parce qu'il y avait toujours la possibilité que l'un d'entre nous pose sa tête sur l'épaule de l'autre, ou que nos mains se rejoignent sous la table. Loin d'elle, je n'avais plus nulle part où poser ma tête. Les oreillers de la chambre de la maison de vacances ne m'intéressaient pas. Alors je flirtais avec les vagues, les parterres de roses trémières qui se détachaient sous la crème fouettée des nuages. Je retrouvais un soupçon des yeux de Laura dans la couleur de l'eau, quand le ciel est plus clair que la mer, quand même le voilier qui s'aventure au moindre coup de vent a sa voile plus blanche que l'écume.

Louise a fini par débarquer avec Ignacio qui était particulièrement nerveux en raison de la sortie imminente de son roman programmé pour la rentrée littéraire. Chaque jour, une présélection des livres dont les médias s'enticheraient plus ou moins était publiée sur les réseaux. Il espérait que son nom y figurerait, et, dans le cas contraire, sombrait dans un abattement prodigue en jurons.

Le lendemain de leur arrivée, Ignacio est passé devant le banc sur lequel j'étais assis, au-dessus du livre que je faisais semblant de lire, sans même me reconnaître, éructant un chapelet d'insultes dans le vent. Effrayée, la monitrice du club Mickey a réuni les enfants sous son aile et leur a expliqué que le monsieur souffrait probablement de ce qu'on appelle le syndrome de Gilles de La Tourette.

Les *saloupards*, poursuivait-il encore le soir à l'apéritif en gobant des olives vertes avec le noyau et forçant son accent estampillé Amérique du Sud.

Pardonne-leur, lui ai-je dit, ils ne savent pas ce qu'ils font.

Dans un premier temps, cela a fait rire ma sœur, et puis la seconde d'après, elle m'a engueulé en disant que j'étais profondément injuste avec Ignacio. Que c'était difficile de mettre tout son cœur et son temps dans une œuvre pour être mésestimé, voire nié par ses contemporains, qui plus est par celles et ceux qui s'arrogeaient le pouvoir de vous faire rencontrer votre public.

Imagine, si ça t'arrivait en musique ?

Oh, mais ça m'arrive tout le temps. Il n'y a que ça qui arrive, d'ailleurs.

J'essayais d'éprouver de la compassion, de me dire qu'avec Peggy Sage on aurait aimé se retrouver sur telle ou telle playlist et que ne pas y figurer à la sortie d'un single nous aurait profondément découragés. Des playlists avec des noms débiles comme : « À écouter en boucle sous la douche », ou « Pour bien démarrer la journée », ou « Pour le *running* avec votre animal de compagnie », ou encore : « Avant de dire à votre partenaire que c'est terminé ». Je pouvais par ailleurs citer plusieurs artistes susceptibles de se retrouver dans chacune de ces playlists.

Ma sincérité venait d'apporter de l'eau au moulin de Louise qui pensait, à l'instar de ma mère, que je ferais mieux de boucler mon mémoire et de me trouver un travail raisonnable. Conservateur de musée aurait fait l'affaire. Conservateur longue durée, en quelque sorte.

Si tu es déçu par la musique, pourquoi tu ne te lances pas à fond dans les études ?

Je suis à fond. Année de maîtrise, ça veut dire que je maîtrise, ai-je lancé en espérant qu'Ignacio apprécierait mon twist littéraire.

Et après ? Qu'est-ce que tu vas faire ?

Je vais inventer quelque chose qui me fera gagner

beaucoup d'argent. Un GPS miniature à l'usage des mouches. Les gens pourront lire en toute quiétude.

Ignacio a demandé s'il y avait un caviste où il pourrait acheter une bouteille de rhum. Ma mère, qui était installée dans un transat sur la terrasse, lui a donné un brin d'indication. Il l'a rejointe afin d'obtenir l'itinéraire exact.

Ma sœur a profité du fait que nous soyons seuls dans le séjour pour me jeter un regard noir et me balancer avec une rage contenue :

Tu es infernal !

Pour avoir la paix, j'ai essayé de prendre un ton très doux et de lui expliquer que je souffrais de la pathologie du train dans lequel je suis.

C'est quoi encore, cette histoire ?

Eh bien je suis dans un train qui roule très lentement et j'ai l'impression que les trains qui passent sur les rails d'à côté roulent beaucoup plus vite. C'est comme ça, cette année. Je ne comprends pas pourquoi parce que c'est le même trajet, les mêmes rails, alors je ne peux pas mettre ça sur le compte de la compagnie de chemin de fer. La malédiction doit venir de moi.

Il faudrait savoir, a ironisé Louise. C'est une malédiction ou une maladie ?

Une maladie, ai-je barboté avec aplomb. Elle a été diagnostiquée par des chercheurs de l'université de Pennsylvanie.

N'importe quoi !

C'était une combine que j'avais trouvée, l'histoire des chercheurs, parce que ça faisait sérieux et qu'il y avait toujours des universités américaines pour se pencher sur les sujets les plus farfelus et en produire des pages et des pages de rapports, alors je m'étais dressé une liste d'universités à citer en cas de besoin :

université de Rochester ;

université Tufts de Boston ;

université de Pennsylvanie ;

université Carnegie-Mellon à Pittsburgh.

La dernière était celle qui me plaisait le plus à prononcer, allez savoir pourquoi.

Un matin, Ignacio s'est retrouvé dans la liste des dix romans de la rentrée littéraire selon l'évangile d'un journal influent. Alors qu'un court extrait de son roman mis sur Facebook pour appâter le chaland n'avait suscité que 67 *likes*, la publication de la liste lui en valu 479. Les gens étaient comme ça. Ils aimaient les récompenses décernées par d'autres.

Le moral d'Ignacio s'est transformé du tout au tout et nous avons vite croulé sous les viennoiseries au petit-déjeuner. Il portait un bermuda beige et un polo Lacoste, et je me suis demandé si j'avais déjà vu des photos d'écrivains en bermuda. Ni Charles Baudelaire ni Marguerite Duras, en tout cas. D'excellente humeur, il nous a raconté une blague sur des crocodiles qui se jetaient sur un tas de touristes pour les déchiqueter et les dévorer, sauf une femme qui avait échappé au massacre parce qu'un crocodile avait dit aux autres : « Pas celle-là, c'est madame Lacoste. » Bien sûr, la blague n'était pas tournée exactement comme ça. Elle était moins inquiétante, plus drôle, par essence. Mais j'avais un problème avec les blagues. Quand j'essayais de les raconter à mon tour, j'avais tendance à dramatiser. Après sa blague, Ignacio s'est mis à rire plus fort que tout le monde. Son rire a dévoilé ses gencives qui étaient rouges comme de la chair de pastèque. Voilà. C'était le genre de type qui riait plus fort que tout le monde à ses propres blagues. Quand il faisait des lectures dans des librairies, je l'imaginais quitter la scène pour se mêler aux spectateurs et applaudir avec eux.

Il était impensable que je tienne plus d'une semaine dans ce contexte. J'avais horreur de me sentir prisonnier quelque part, à moins qu'on ne me laissât choisir ma propre geôle : les bras de Laura, l'odeur de Laura, le regard de Laura. Je ne comprenais décidément pas ce que ma sœur trouvait à Ignacio. Ils avaient l'air d'évoluer à deux places séparées, deux inconnus qui montent ensemble sur le même télésiège et qui sont heureux du trajet, regardent le paysage défiler, les cimes enneigées, se tiennent chaud, observent les skieurs vus d'en haut, chacun de son côté, et pourtant ni l'un ni l'autre n'auraient envie de descendre en marche, ne serait-ce que par peur du vide.

Ma sœur passait tous ses après-midi à la plage. Sa serviette de bain assortie à son maillot une pièce. Généralement, Ignacio l'accompagnait, elle rivée à son écran total, lui à son écran de téléphone.

Une fois, il a traîné après le déjeuner exprès pour se retrouver seul avec moi. J'avais étalé sur la table en merisier de la salle à manger quelques livres sur Francis Bacon, Van Gogh et Gauguin ; je pianotais sur mon MacBook, irrité par ses allées et venues. Je détestais qu'on s'approche de mes livres et de mon travail en cours. Surtout Ignacio. Je le voyais me donner des leçons sur comment construire un texte, les obstacles à doser, qui parle, la colonne vertébrale du récit, blabla, blablabla, et devoir lui expliquer que la rédaction d'un roman et celle d'un mémoire différaient m'épuisait par avance. Comme toujours depuis quelques mois, la tête de chou était de la partie, posée sur la table. Ignacio l'a remarquée.

C'est quoi ça ?

Une sculpture.

Ça te sert comme… presse-papiers ?

Non. C'est de l'art. Ça ne sert à rien. Juste à accompagner celles et ceux qui en ont besoin pour vivre.

Ignacio a soupiré. Il avait quelque chose à me demander, qui l'intéressait au plus haut point.

Tu sais, Nico, pour mon prochain roman, j'aimerais écrire sur la *jounesse*.

Je lui ai lancé :

Tu as quel âge, déjà ?

34 ans.

Merde alors, t'es jeune !

Non mais… Vraiment sur la *jounesse*… la *jounesse* comme toi.

J'ai délivré le dernier sourire en stock de la tirette à sourires pour répondre :

J'ai 26 ans. Je suis vieux. Les véritables jeunes, ceux qui ont 20 ans aujourd'hui, me montrent déjà le chemin de la rédemption.

Après un silence, je lui ai donné un conseil :

N'écris pas sur la jeunesse, mon vieux. La jeunesse n'a pas besoin qu'on écrive sur elle. Elle s'en fout. Occupe-toi des faits divers, des crimes, des trucs crades ou salaces, comme tout le monde. De toute façon, ce ne sont pas les jeunes qui lisent. Tu en vois beaucoup dans le métro, des jeunes qui lisent ?

Toi, il t'arrive de lire !

Oui mais moi ça ne compte pas. Je suis vieux, je te dis.

J'essayais de fuir ses manœuvres. Il désirait toujours percer les secrets qu'il n'avait pas en lui. S'il avait voulu réussir dans la pâtisserie, il n'aurait pas hésité à détrousser une grand-mère pour une recette de clafoutis.

Je lui ai demandé, pour le calmer :

À 34 ans, tu dirais que tu as davantage l'angoisse du cheveu blanc ou de la page blanche ?

Il a fait comme si j'avais posé la question à quelqu'un qui se serait trouvé derrière la vitre, ailleurs, déjà sur la plage.

Nico, explique-moi comment est la vie pour un jeune comme toi ?

C'est un hall d'aéroport, ai-je répliqué.

Un terminal ?

Oui, je ne sais pas comment on dit, je ne prends pas l'avion.

À cause de la *polloutionne* ?

À 25 % à cause de la pollution, à 25 % parce que j'ai la trouille, et les 50 % qui restent parce que pour aller d'Auteuil à Michelet, ma fac qui se situe derrière le jardin du Luxembourg, je n'ai pas vraiment besoin de prendre l'avion.

Mais tu as la *mousica* ! s'est exclamé Ignacio avec conviction, croyant me faire plaisir. Avec ton groupe, ça va décoller !

Je ne sais pas pourquoi le mot décoller m'a ramené instantanément à Van Gogh, son oreille coupée, et par association à Gainsbourg qui, lui, les avait en chou-fleur, et qui avait raconté en avoir souffert durant sa prime enfance.

Ni moi ni mes oreilles n'avons envie de décoller, ai-je dit à Ignacio.

Il a laissé tomber. Puis a reçu un texto de son éditeur qui le félicitait pour la présence de son roman sur une nouvelle liste. Il y avait une émoticône avec deux verres de champagne qui s'entrechoquaient. L'émoticône était répétée trois fois.

Dans l'après-midi, je suis allé me promener sur la plage, en direction de Deauville. Des enfants jouaient sur des montagnes de sable grignotées par les vagues. J'ai dépassé les deux langues de rochers, m'aventurant du côté des collines qui s'affaissaient à cause de l'érosion. Les propriétaires des somptueuses maisons anglo-normandes qui les surplombaient devaient être au désarroi, ils en avaient pour quelques années tout au plus avant de se résoudre à organiser une *demolition party*. J'ai eu l'idée d'une chanson, les derniers jours de la terre, la fin du monde annoncée, les cataclysmes et les déserts sur le point de tout arracher, puis de tout recouvrir, les glissements de terrain, la mer indomptable qui reprend ses droits, et les gouvernements démunis qui proclament l'obligation d'organiser une gigantesque *demolition party*. Le soir venu, c'est l'orgie annoncée, les gens se saoulent comme jamais, ça baise de partout, il y a des crimes aussi, et tout à coup se pointe un invité surprise. C'est le Christ. Jésus. C'est le moment qu'il a choisi pour revenir. Parce qu'il aime ce qui est ultime. Il n'a rien perdu de sa mansuétude et de sa magnanimité. Il dit : « Allez, vous n'êtes qu'une bande de *saloupards*, de *demourés*, d'ingrats patentés, mais je sauve le coup, encore une fois. Il y aura une aube, de nouveau, demain. »

Passant devant le blockhaus percé de deux fenêtres à mitrailleuses qui lui donnaient des yeux, et donc un air de ressemblance avec le géant de fer de Brad Bird, j'ai découvert avec stupeur que sa tête avait été méchamment taguée. Balafrée par des inscriptions laides et incompréhensibles. Des mecs avaient tout saccagé, dans leur connerie, comme d'habitude. Ça m'a déprimé, m'a enfoncé le cœur dans le sable encore davantage. J'ai dépassé les pins d'Elliott, les dunes piquées de jonc, le chiendent marin, aussi touffu et envahissant que l'herbe folle du *Sans titre* de 1957 qu'avait peint Bacon d'après un paysage de Van Gogh. La mer roulait de belles vagues, le ciel n'avait pas bougé d'un pixel depuis que Courbet l'avait peint. Je me suis demandé si les traces que je voyais dans le sable avaient été dessinées par un vaisseau extraterrestre à l'équipage aussi maniaque que Rafael Nadal sur un court de tennis, ou juste par les roues du buggy des employés du poste de sauvetage. Ici et là, au loin, les taches colorées de bandes de marmots qui couraient en short et maillot de bain. L'obstacle d'une planche à voile renversée sur le sable. Ressassant les instants vécus avec Laura, je remarquais à peine l'ennui fabuleux des êtres à part dans les colonies de vacances.

En ville, des jeunes s'extirpaient à quinze de deux voitures (sans compter les glacières), des vieilles discutaient la météo comme si elles avaient fait une partie de pétanque avec les nuages et le soleil, puis ça a été l'odeur du sucre glace, des crêpes molles et chaudes, des pots de Nutella et d'échappement, et des merdes de chiens qui s'accumulaient sur les bandes de gazon, donnant la carte postale de l'été légendaire. Une voiture avec un haut-parleur annonçant en boucle la tenue d'un cirque de l'autre côté du pont des Belges a craché la même soupe insupportable que la musique qui s'échappait souvent des fenêtres baissées des automobiles, et j'ai songé que jamais Peggy Sage ne serait diffusé et apprécié de la sorte. Ce que j'estimais être la valeur de notre musique en montrait aussi les limites.

Je suis rentré vers l'heure du dîner pour trouver Ignacio affalé dans un fauteuil club, les yeux embués. L'émoticône champagne avait franchi le seuil de la réalité.

Ignacio m'a informé que ma sœur et ma mère étaient parties au cinéma et qu'il était trop bourré pour les accompagner. Il m'a proposé du rhum, du vin blanc et du champagne. La sainte trinité des tombées de nuit. Sur le coup, il m'a paru extrêmement sympathique, plus détendu. Son sourire flottait dans la salle de séjour. Je me suis dit que ma sœur était peut-être amoureuse de lui à cause de ce sourire flottant.

Elle essayait de mettre la main dessus comme sur un papillon aux ailes bleues, et ça l'obsédait parce qu'à chaque fois le sourire flottant allait d'un endroit à l'autre et Louise n'arrivait pas à le mettre dans une boîte. Je venais de lire un entretien de Francis Bacon dans lequel il disait que, selon lui, l'amour était une obsession. Que l'on pouvait contracter une obsession pour un grand maître du passé, Van Gogh par exemple, et aussi pour une personne en particulier, et dans les deux cas c'était de l'amour. Pour Bacon, l'amour n'était rien d'autre qu'une obsession.

Ignacio avait l'alcool et le succès obsessionnels.

Tu sais ce qui serait chouette ? Que tu ailles chercher ta tête de chou et qu'elle trinque avec nous. On ne va quand même pas la laisser toute seule dans le noir ?

J'ai trouvé l'idée fort à propos. Peut-être que plus tard, s'il nous restait une bouteille, je proposerais à Ignacio d'aller porter un verre à la tête blockhaus, méchamment balafrée, qui pleurait des larmes de béton et de pierre face à la mer. J'étais comme ça. C'est ainsi que ma sympathie s'étendait.

J'ai descendu la sculpture dans le salon, l'ai installée sur un des fauteuils, et on s'est mis à lui servir un verre symbolique à chaque fois qu'on remplissait le nôtre. Je comprenais maintenant que si les hommes se retrouvaient pour boire, c'était parce qu'ils ne pouvaient se supporter qu'ainsi, leurs rapports se simplifiaient, la boisson leur donnait de l'ampleur et gommait leurs vanités, comme on parle de vanité en peinture. Ils devenaient des figures baconiennes, se balançaient des insultes de drugstore qui ressemblaient à des caresses, pouvaient tout se permettre sans que ça ait de réelle importance, et si vraiment ils dépassaient les bornes, ils avaient le prétexte idéal pour se confondre en excuses le lendemain, avançant à pas feutrés vers un devenir sentimental.

À un moment, Ignacio m'a dit :

J'ai surpris ta mère !

Pardon ?

Ta mère, je l'ai surprise au téléphone. Elle disait chéri à quelqu'un.

Chéri ?

Oui, chéri.

Peut-être qu'elle a un enfant caché !

Ça avait plutôt l'air d'être un amoureux.

Ah ?

Ignacio a exposé son point de vue en une phrase :

Une femme aussi élégante ne peut pas rester seule bien longtemps.

Je ne sais pas pourquoi, l'information extraordinaire d'une liaison de ma mère ne m'a pas touché tant que ça, du moins sur le moment. Encore une fois, mes pensées ne se dirigeaient que vers Laura, une femme aussi élégante ne peut pas rester bien longtemps seule, je ne pensais pas que Laura était seule en Espagne, je ne l'avais jamais pensé, mais cette réalité venait me frapper au visage, je me suis même pris à imaginer qu'Andreas aurait très bien pu l'accompagner dans mon dos. En première et deuxième années de fac, quand des amis avaient une histoire, j'en étais toujours le dernier informé. Comme s'il y avait un petit côté cradingue à l'affaire, ou une traîtrise dont l'un ou l'autre des protagonistes avait décidé de me préserver.

Et toi ? Les amours ? s'est-il inquiété.

Je le voyais venir avec son intérêt luisant chaussé de gros sabots. Aucune envie de nous retrouver, mes amours perdues, définitives, et moi, dans son prochain roman.

Ça m'arrive d'avoir une copine, ai-je dit d'un ton évasif qui se voulait vaguement crâneur.

Pour toute réaction, Ignacio s'est enfoncé dans son fauteuil en roulant de grands yeux.

Ça veut dire quoi, « ça m'arrive » ?

On ne se voit pas souvent. Quand elle en a envie, ou quand elle est disponible surtout.

Il y a du sexe ?

Il y a des baisers.

Ah, c'est un bon départ.

Oui.

Et tu te sens coincé sur la ligne de départ ?

C'est ça. Tu vois, ce n'est pas vraiment concret.

Il s'est passé une main sur le bas du visage. Il réfléchissait.

Peut-être que tu es attaché à elle parce que ce n'est pas concret ? Si elle te disait : « OK, on va vivre en pavillon et faire des enfants », peut-être que tu fuirais à toutes jambes...

Je préfère habiter à Paris, ai-je tranché.

Oui, pour le moment, a approuvé Ignacio en remplissant nos deux verres. Tu es jeune.

À cet instant, je l'ai soupçonné de me verser un verre dans le seul but de noyer ma jeunesse.

Quand ma mère et ma sœur sont rentrées du cinéma, nous étions complètement torchés. Louise a aussitôt congédié Ignacio dans leur chambre et a décidé que j'étais le grand responsable de la beuverie.

Nous n'avons rien fait de mal, nous fêtions le couronnement littéraire d'Ignacio, ai-je dit pour notre défense commune.

Ma mère était partie s'isoler pour textoter à son amoureux. Louise endossait l'autorité parentale et me regardait avec sévérité.

Je ne sais pas, tu pourrais faire un effort ! Chercher à t'épanouir !

À m'évanouir ?

Non, pas t'évanouir, pourquoi veux-tu t'évanouir ?

Je ne pense pas que pourquoi soit la bonne question. Je préférerais : Où ? Avec qui ? Dans qui ?

Qu'est-ce que tu racontes ? Je te parlais de t'épanouir.

Oh, alors si tu me parlais de m'épanouir, pourquoi est la bonne question.

Je l'ai sentie fourbue d'agacement. J'ai décidé d'arrêter de jouer avec ses nerfs. Elle a pris la direction de l'escalier et j'ai quand même crié dans son dos :

Tu devrais être contente que ton mec et moi nous ayons eu une vraie conversation.

Je suis monté dans ma chambre et j'ai ouvert la fenêtre qui donnait sur le balcon. Le ciel était constellé d'étoiles pures, solides et brillantes. En contrebas, j'ai suivi le petit halo bleu de l'écran du téléphone de ma mère qui devait faire les cent pas dans le jardin, ivre du bonheur neuf de ses échanges secrets et amoureux, écrasant quand même au passage de son pied léger quelques boutons-d'or qui n'avaient rien demandé. J'ai observé la force immobile des étoiles, leur courage et leur détermination, et j'ai pensé à mon père dans son appartement encombré de paperasse, à ses lubies d'infini, d'hyperespace et de retour à la maison. J'aurais voulu couper le fil en aluminium du couteau à trancher le gigot auquel il était bêtement relié pour qu'il ne découvre pas le spectacle du bas, l'étoile filante de la lumière du téléphone de maman, et qu'il continue de se bercer d'illusions, dans le territoire magique qu'il s'était aménagé.

Ce soir-là, j'ai laissé la fenêtre de la chambre ouverte sur le balcon, au cas où des panthères affamées de mélancolie auraient eu envie de venir s'y réfugier.

15.

De retour rue des Perchamps, j'ai trouvé une carte postale de Laura. Un paysage de plage de sable fin qu'incendiait un coucher de soleil, barré de l'inscription FORMENTERA, et, au dos, une infinité de petits : « Tu me manques », qu'elle avait répétés jusqu'à ne plus laisser une seule partie de la surface libre. Punition d'écolier, exercice de retenue, vous me copierez cent fois : « Tu me manques. »

J'aurais aimé hurler au monde que c'était la plus belle lettre d'amour jamais reçue, ou faire envoyer la police des frontières pour arrêter Laura à son passage pour délit de mignonnerie. Cette carte que je tenais entre les mains était-elle un laissez-passer pour de nouveaux baisers ? J'avais craint en effet que l'été ne jette sur nos retrouvailles un trait de blanco, et, qu'en la retrouvant parmi les autres, elle me situe à une place que j'occupais de manière agréable mais informe, l'instant juste avant que sa langue ne donne naissance à mes lèvres.

Après la villégiature à Blonville, la tête de chou avait élu domicile dans ma salle de bains. Sur un tabouret qui lui servait de piédestal, face à l'armoire à pharmacie qui se découpait en trois compartiments au-dessus du lavabo. Chaque volet était en miroir, et si j'ouvrais à demi ceux des deux extrémités et plaçais en face soit mon visage, soit la tête de chou, je nous mettais elle ou moi dans la situation du triptyque de Bacon qui datait de 1953.

Dans ses séries de trois tableaux, particulièrement cinématographiques, des quartiers de bœuf apparaissaient souvent, réminiscences de sa fascination pour le travail de Chaïm Soutine, interprétations des crucifixions de Cimabue. Bacon avait confié au critique d'art et écrivain David Sylvester que pour lui, la viande entretenait un rapport étroit avec la crucifixion. La viande présentée dans les camions frigorifiques des bouchers, après l'abattoir, le corps exhibé sur la croix et descendu après le supplice. Décidément, tout me ramenait à la viande, au jambon de Gauguin, et aux autoportraits de Van Gogh et de Bacon. Quant à la tête, je me demandais si, pour Bacon, elle supplantait le visage. La tête ramenait le visage à sa place. Les visages s'échappaient toujours ailleurs, revenaient dans votre vie pour disparaître à nouveau, à l'image des nuages. La tête, solide, s'imposait. Marquait un territoire, telle une borne de jardin. Ma tête était présente dès que je m'appuyais quelque part, sur le dossier d'un divan par exemple, contre un siège de cinéma, sur l'épaule de Laura ou quand je la tenais dans l'étau de mes mains. Mon visage n'existait que dans un miroir ou dans le regard de l'autre. Il avait besoin d'un artifice (le miroir) ou d'une présence (l'autre) pour exister. Il devenait lisible dans l'inquiétude, ou bien se fermait comme un masque dans la sévérité, la douleur et l'amour. Quand il devenait insondable, le visage produisait de la souffrance chez la personne qui le convoitait. Le visage de Laura éclairait quelque chose de crucial en moi, et pourtant ses infatigables mouvements n'étaient que zigzags blessants. La sonnerie du téléphone m'a tiré de mes pensées. C'était Inès.

J'ai pensé à toi parce que j'ai vu une publicité aujourd'hui pour l'expo Bacon.

Ah oui. Ça commence la semaine prochaine. Tu seras à Paris ?

Non, je ne pense pas. L'expo devrait arriver à Berlin juste après. Du moins, c'est ce que dit la publicité.

Berlin ? Tu es sûre ?

Oui. En mai de l'année prochaine.

J'ai exulté :

Mais c'est formidable !

Tu viendras ?

Non… Je veux dire oui, mais c'est formidable, parce que je peux en parler à mon directeur de mémoire, et lui dire qu'il y a des toiles qu'il faut absolument que je voie à Berlin… Des toiles inédites que certains musées allemands n'auront pas voulu prêter pour le voyage à Paris… Le *Sans titre* de 1957 d'après un paysage de Van Gogh qui est conservé au musée de Siegen…

Je croyais que tu devais rendre ton mémoire en octobre ou en novembre.

Oui, mais ainsi je pourrais gagner une année.

Il y a eu une sorte de silence que j'ai estimé moralisateur au bout de la liaison. Inès tentait d'apprécier la situation, puis de la remettre sur pied comme lorsque vous sauvez la mise à un petit animal qui s'est retrouvé de manière malencontreuse sur le dos, les pattes en l'air.

Tu ne vas quand même pas différer éternellement la

remise de ton mémoire en suivant les expos de Bacon à travers le monde ?

Et pourquoi pas ?

Pourquoi cherches-tu toujours à gagner du temps ?

Eh bien je ne sais pas… parce que je ne sais pas quoi faire après… Je ne sais toujours pas ce que je vais faire de ma vie…

Et la musique ?

Oh, la musique… Notre prochain concert est une *demolition party*, voilà où j'en suis avec la musique.

Inès n'a pas réussi à réprimer un éclat de rire :

Nico, tu es incorrigible.

Je ne sais vraiment pas quoi faire après. J'avais répondu avec une sincérité qui aurait pu me tirer les larmes si j'avais eu cette conversation avec mon père. Oui, j'avais du mal à quitter cette dernière année d'études. Je me tenais au bord d'un précipice. Tout ce que je faisais, c'était mendier du temps. Avec Laura, avec mon mémoire. Je grappillais du temps pour vivre un peu des choses plaisantes et personnelles, alors que le temps emportait la plupart des êtres que je connaissais de manière indifférente ou déloyale. Déloyale pour qui ? Je me posais la question. Et j'avais la réponse : Déloyale pour leurs rêves.

J'ai avoué à Inès :

Moi aussi je pensais à toi grâce à Francis Bacon. En travaillant, je suis tombé sur une interview. Attends, je vais t'en lire un court passage.

J'ai farfouillé dans mes notes disséminées sur mon bureau.

Voilà. Écoute ça. Ça date d'une conversation qu'il a eue avec David Sylvester en 1966 : « Je crois que les grands artistes n'ont jamais cherché à s'exprimer eux-mêmes. Ils ont cherché à piéger les faits parce que, après tout, les artistes sont obsédés par la vie et par certaines choses qu'ils veulent absolument fixer. Alors ils tentent de trouver des systèmes et de construire des cages pour capturer ces choses. » Tu entends ça, Inès ? Construire des cages pour capturer ces choses…

Tu penses à nos panthères ?

Oui.

Tu sais que Winston Churchill et Charlie Chaplin avaient pour point commun ce qu'ils appelaient leur *black dog*. Leur dépression. Les panthères sont des sortes de gros chiens noirs, non ?

Hum. Plutôt des chats. Mais la mélancolie n'a rien à voir avec de la dépression, ai-je affirmé. Attends, excuse-moi une seconde.

Je venais de recevoir un message. Le prénom de Laura s'était affiché subrepticement sur l'écran de mon téléphone avant de disparaître. Laura m'envoyait un texto pour me demander si elle pouvait m'appeler.

Pardonne-moi Inès, je peux te rappeler plus tard ? C'est mon père.

Inès a dit avec une précipitation embarrassée :

Oui, bien sûr, pas de problème, on se rappelle.

Je me servais toujours de mes parents comme excuse. Surtout mon père. Plus il déprimait, plus je me sentais libre en quelque sorte. Il était l'alibi idéal à tous mes petits arrangements avec le réel. Je me suis promis de passer le voir prochainement, pour rétablir la balance.

J'ai envoyé un OUI à Laura et presque aussitôt son prénom s'est affiché sur l'écran.

Hé, ça va ?

Oui, tu es rentrée d'Espagne ?
Il y a deux semaines déjà.
Ah.
Et toi ?
Il y a plus longtemps. Je ne suis pas parti longtemps.
Tu veux qu'on se voie ?
Oui.
Ce soir ?
Oui.
On se retrouve à 20 heures à Odéon.
OK, mais plutôt Mabillon, c'est moins plouc.
J'ai entendu son rire enveloppant si caractéristique.
OK pour Mabillon, alors.
Ensuite elle a raccroché avec précipitation.

C'était vraiment une autre sorte de conversation que celles que je pouvais avoir avec Inès. Une conversation de rien et de silence, mais de celles qui projettent le cœur contre le mur du son.

J'étais plutôt fébrile à l'idée de la revoir parce que je ne savais pas si nous allions nous embrasser sur la bouche comme deux amants qui se retrouvent, ou reprendre le cours de nos vies parallèles. En géométrie euclidienne, deux parallèles sont des droites qui ont des vecteurs directeurs colinéaires qui empêcheront toujours l'une de se ruer sur l'autre pour la couvrir de baisers. Je l'ai attendue une bonne dizaine de minutes à la sortie du métro en regardant la vitrine du magasin Japan Arcade qui m'avait toujours semblé être une sorte de sas magique pour se retrouver au Japon, une minuscule boutique de la taille d'une cabine de téléportation. Un jour, j'avais même vu une Japonaise en kimono en sortir. Elle avait un cou mince et blanc, et des yeux de braise. Pour moi, pas de doute, elle arrivait directement de la station de métro Bakuro-Yokoyama pour aller boire un chocolat chaud au Café de Flore.

Laura a préféré débarquer de la rue de Buci. Elle a traversé le boulevard Saint-Germain, puis la rue du Four, et est restée à quelques centimètres de moi sans que nous ayons bizarrement à nous embrasser sur la bouche ou sur les joues. C'était ainsi. Un compromis timide par le rien. Elle portait une robe noire à décolleté plongeant cintrée par une ceinture à œillets. Entre ses seins, un pendentif celte, en forme de triangle, qui attirait et reflétait la lumière sans toutefois faire diversion à l'étrange beauté qui émanait d'elle. Une beauté magnétique. Irrespirable, presque. Il nous fallait vite choisir un restaurant afin que ses jambes ravissantes trouvent un abri sous la table. Je lui ai demandé où elle souhaitait dîner et elle m'a répondu qu'elle avait envie de quelque chose de simple. J'ai repensé au Coolin sous les arcades du marché Saint-Germain et ai regretté que les promoteurs en aient fait un Uniqlo et un Apple Store. Ça m'a vraiment foutu le moral en l'air, d'autant que je possédais un iPhone, un MacBook et des sous-vêtements Uniqlo.

Laura n'avait que deux petites heures à m'accorder. Elle avait promis à un copain de passer le voir. Il n'allait pas bien. Déprimait gravement pour des raisons qui seraient trop longues à expliquer et puis elle ne voulait pas paraître ennuyeuse, ni monopoliser le peu de temps qu'elle m'accordait en évoquant une personne qui était déjà coupable de me l'enlever par la suite. C'est du moins ce que j'ai compris dans son refus brouillon d'explications. Elle aimait les moments suspendus. Suspendus à qui ? était la véritable question.

J'ai évidemment pensé à Andreas. Mais je n'ai pas osé la questionner davantage. Encore une fois, par instinct de survie.

Elle ne mentionnait pas non plus l'autre piste, la principale, celle du petit copain auquel elle était liée de manière de nouveau fusionnelle (d'après et uniquement d'après sa lettre), et qui effectuait son grand retour sans qu'on l'ait jamais vu. À se demander même s'il existait pour de vrai. Moi aussi, au lycée, il m'était arrivé de m'inventer des histoires. Certes, à l'évidence, pas pour les mêmes raisons. Elle, pour empêcher les prétendants de se faire trop d'illusions sur la suite, et moi pour paraître cool, irrésistible bien que pris, ce genre de contradictions idiotes qui vous aident à affronter la semaine de tout le monde et le regard des autres.

Nous avons dîné dans un restaurant japonais de la rue Monsieur-le-Prince, un restaurant bondé d'étudiants volubiles et égrillards. Je me sentais plus gauche en tête à tête avec elle que plongé parmi nos amis où je m'immergeais entièrement dans les liens secrets que nous avions instinctivement tissés, une tension érotique à la fois exacerbée et anesthésiée dans la banalité de conversations que nous alimentions de temps à autre par une parole, chacun notre tour.

J'aurais voulu prendre sa main et ça me saoulait qu'il y ait tous ces trucs devant nous, ces plats, ces petits raviers pour mettre les différentes sauces, salées, sucrées, gingembre, wasabi, toute cette armada inutile qui transformait la table en champ de bataille – les bouteilles d'assaisonnement participaient de mon assassinat – alors j'ai contourné le problème en lui prenant la main sous la table. Elle a tendu la jambe et a buté contre mon sac à dos.

C'est quoi ?

Un battement de cils toutes les quarante-cinq secondes environ, léger et rapide, aile frissonnante de papillon, quand son visage était à l'unisson de ses interrogations ou de ses pensées.

Tu veux dire, dans mon sac ? C'est une tête.

Une tête ?

Oui, mais là, c'est toi qui en fais, une tête.

Elle a cru que c'était une blague de mauvais goût, pour mettre un peu de piment dans la conversation, comme s'il n'y avait pas déjà assez de condiments sur la table. J'avais emporté la tête de chou sculptée dans l'intention renouvelée de la lui offrir, mais après la douche froide des deux petites heures seulement qu'elle avait prétendu pouvoir m'accorder, il était hors de question que je lui cède ma compagne d'infortune. Pas pour si peu.

Je savais que l'heure tournait et j'avais juste envie qu'on sorte du restaurant, que les rues du quartier nous enlacent et nous bercent, qu'on s'embrasse place Saint-Sulpice, ou sous la statue de Danton – *Tu montreras ma tête* de chou *au peuple, elle en vaut la peine* –, mieux encore, devant le mur de la rue Férou sur lequel était inscrit le poème de Rimbaud, précisément sous le vers qui disait : *Plus douce qu'aux enfants la chair des pommes sures.*

Devinant que j'étais plus concerné par le besoin de

nourrir mon impatience plutôt que mon estomac, elle s'est dépêchée de finir son assiette. En attendant, j'ai demandé :

Tiens, depuis tout ce temps, comment va Anne ?

Oh, elle va bien. Elle a rencontré une prof qui a dix ans de plus qu'elle. Elle l'initie au sexe sadomasochiste.

Une prof sadomaso, zut, je l'ai sans doute eue en cours, ai-je dit pour détendre l'atmosphère.

À observer sa réaction, Laura n'avait pas l'air de prendre l'information à la légère et paraissait juger cette relation avec effroi. Je n'allais pas pour ma part plaindre sa colocataire. Je pensais qu'il fallait de toute façon être un peu sadomasochiste pour tomber amoureuse d'une fille aussi sardonique qu'Anne.

J'ai demandé à Laura si elle avait vu quelqu'un de notre groupe depuis qu'elle était rentrée (le prénom d'Andreas me brûlait les lèvres).

Quel groupe ? C'est toi qui as un groupe !

Toute la bande avec qui on sortait avant les vacances, ai-je précisé.

Oh non, je n'ai vu personne. Je crois que le volleyeur américain est retourné dans son pays.

Jim ? C'est un basketteur, et oui il est retourné dans son pays.

Tu es sûr qu'il était basketteur ? a-t-elle demandé en fronçant les sourcils. Je croyais qu'il jouait sur la plage. C'est bien le volley, sur la plage ?

Il est basketteur et n'a jamais joué sur la plage. Son équipe ne vient pas de Californie mais du Massachusetts, tu n'écoutes jamais ce qu'on te dit ?

Oh, j'étais avec toi, a-t-elle répondu dans l'intention de m'amadouer.

Perfide manœuvre qui, bien évidemment, a réussi son coup, d'autant qu'elle en a rajouté :

Ne me dis pas que toi, quand tu es avec moi, tu écoutes ce que les autres racontent ?

Je les écoute mais je ne les entends pas. Il y a comme une vitre de protection entre eux et nous. J'essaie d'écouter ton cœur battre. Parfois, je ne l'entends pas de façon précise, ou pas assez souvent, alors je me demande si tu as un cœur.

Elle a baissé les yeux, a fait vrombir sa lèvre inférieure comme si ma phrase venait de la décourager, ce dont je me suis accusé aussitôt. Après tout, je ne savais rien de sa vie. Peut-être qu'elle en avait bavé. Quand vous entriez dans une pièce et que tout le monde se mettait à vous désirer, ou à vous envier, ou à vouloir coucher avec vous, ce qui réunissait un peu toutes les directions, ça ne devait vraiment pas être une sinécure, il fallait toujours répondre ou atténuer, négocier ou s'enfuir. J'avais lu un poème qui racontait ça, du moins c'est ainsi que je l'avais interprété à la première lecture. Le poème d'un Américain. Les États-Unis étaient la patrie de la poésie, tandis que la France était la patrie des poètes. C'étaient deux choses bien différentes. Les poètes n'étaient pas considérés, alors que la poésie était lue. Le poème en question parlait des jambes des filles. Il disait que les filles qui avaient les jambes bien faites pouvaient à la fois danser et prendre la fuite. Je pouvais tout à fait imaginer Laura danser et s'enfuir. C'étaient deux choses qui la caractérisaient à mon sens et auxquelles je penserais plus tard, quand il n'y aurait plus que ce poème comme un radeau sur une mer de souvenirs.

En sortant du restaurant, elle a frissonné.

Tu dois avoir froid vêtue comme ça, tu veux mon blouson ?

Je veux bien, merci. Je misais sur l'été indien. J'ai toujours été du côté des Indiens.

C'est en lui passant mon blouson sur les épaules que je l'ai attirée contre moi par les manches vides. Elle s'est laissé faire et nos bouches se sont aussitôt trouvées. Elle s'est réchauffée tout entière à la chaleur irrésistible produite par nos baisers.

Viens, on va voir le mur avec le poème de Rimbaud, « Le bateau ivre ».

Rimbaud est ton héros ? m'a-t-elle demandé.

Non, mais j'aime bien que le poème soit là, écrit sur tout le mur, comme ces vieux chants à la nymphe Cyrène gravés sur les parois des grottes de Thessalie. Il y a une strophe de Rimbaud qui me fait vraiment penser à un célèbre tableau de Bacon. Son *Painting* de 1946 où la tête sanguinolente d'un type est engloutie sous un parapluie.

J'ai vu le soleil bas, taché d'horreurs mystiques,
Illuminant de longs filaments violets
Pareils à des acteurs de drames très antiques
Les flots roulant au loin leurs frissons de volets.

À la différence que chez Bacon, ce sont plutôt des stores baissés que des volets, ai-je conclu.

Moi, j'adore Rothko ! s'est exclamée Laura. Tu es déjà allé à des expos ?

Hum. Oui. Il y a une super expo permanente de Rothko et Kandinsky dans les salles d'attente de tous les dentistes et tous les généralistes parisiens.

Laura a mimé l'exaspération. J'ai demandé :

Et toi ? As-tu des héroïnes ou des héros secrets ? À moins que tu n'aies que des secrets très héroïques ?

Laura s'est mise à réfléchir. Son visage s'est paré d'un sourire mystérieux, puis elle s'est détachée de moi pour esquisser trois pas de danse, une danse très joyeuse qui l'a fait virevolter au-dessus des pavés comme dans une comédie musicale hollywoodienne, pour revenir quasiment dans mes bras et proclamer :

Lee Miller est mon héroïne.

La photographe ?

Oui.

Parce qu'elle était libre ?

Mieux que ça. Parce qu'elle était libre d'être libre.

Je ne saurais expliquer pourquoi, mais cette réponse, si belle et intense soit-elle, m'a blessé ; et même si, à y réfléchir posément, je préférais que Lee et Laura soient libres, tant pis pour mes blessures, je n'avais pas besoin de me l'entendre dire aussi crûment ce soir-là, à cet instant-là, en définitive. Avec elle, je n'étais jamais exaucé. C'était tout le temps des retrouvailles de cendres.

Il y a encore eu une petite demi-heure volée sur l'avancée de la nuit à lui dévorer la bouche, me repaître de son parfum entêtant, coller mon oreille contre son cœur – oui, il est probable que tu en aies un, mais je ne vois qu'une solution : faire l'amour pour le sentir battre au point de rompre.

Elle n'a pas donné suite à mes avances qui se détestaient de paraître insistantes. Alors j'ai capitulé et suis rentré à pied, seul, vers Auteuil. Me glissant dans la nuit noire telle une panthère saturée de mélancolie. Je ne pouvais pas lui en vouloir. Son charme se déployait tout entier, à la fois quand elle vous choisissait parmi les autres et quand elle se dérobait à son choix. Marcher avec elle dans les rues de Paris : douceur à vivre, violence à y survivre. Sa beauté était une armure que j'aurais aimé fendre pour pouvoir la connaître mieux. Et qu'elle jouisse au creux de mes bras, aussi, bien sûr. Traversant le pont Alexandre-III, j'ai envoyé un texto à Andreas :

Un café ? Bientôt ?

Il n'a pas répondu. Le texto n'a pas indiqué la mention *lu* avant le lendemain matin.

Dans ces moments-là, j'aurais aimé entretenir des rapports plus complices avec Andreas, qu'il m'appelle et me dise : « Tiens j'ai vu Laura l'autre soir », ou même : « J'ai passé la nuit avec Laura. Elle m'a parlé de toi. Elle t'aime beaucoup, tu sais. Elle tient à toi. »

Au fond, peu importait que nous n'échangions que superficiellement à son sujet. Ni lui ni moi ne souhaitions sans doute communiquer nos avancées personnelles sur ses mystères.

Nous avions en main une lampe torche et progressions dans les couloirs obscurs de la vie de Laura comme dans le manoir de Luigi dans le jeu de Nintendo ; et parfois nous nous cognions l'un sur l'autre avant de repartir chacun de notre côté.

16.

Les répétitions avaient été dispersées et laborieuses, pleines d'acrimonie. Robin avait profité du fait de s'être établi à Bordeaux et d'avoir rencontré un tas de personnes sur son campus pour proposer ses services à un autre groupe. Apparemment, à ce qu'il fanfaronnait, il vivait une liaison plus ou moins secrète avec la chanteuse et l'idée de revenir à Paris le week-end lui paraissait de plus en plus vaine et contraignante. Je le voyais déjà dire à sa nouvelle conquête : « Oh ! ne t'en fais pas pour mon premier groupe, tout ce qu'ils ont à me proposer c'est se retrouver à l'affiche d'une *demolition party.* » Il est vrai qu'aucun projet de grande ampleur n'était venu s'additionner depuis.

Je passais mes journées à l'expo Bacon. Je connaissais tellement les tableaux par cœur que j'ai commencé à m'intéresser au personnel chargé de surveiller la salle. Je me demandais si Bacon avait pensé aussi à ce rapport en exposant, puis en peignant après avoir exposé. Le personnel du musée condamné à la quasi-immobilité d'une salle à une autre. Assis sur des chaises pliantes pareilles aux figures des toiles, dans un rapport complice et muet. Le triptyque présentait un homme cloué à son fauteuil par une seringue. Une crucifixion moderne. Les gens étaient-ils cloués à leur canapé comme le Christ sur la croix ? Devant leur télévision, l'alcool et la drogue servant d'attaches pour les tenir en place ? Je me suis demandé si Laura se droguait. J'avais bien vu Andreas un soir se faire une ligne de coke sur le lavabo d'une salle de bains. Mais Laura ne m'avait jamais mis face à cette éventualité.

Un après-midi, dans son costume neutre, je crus reconnaître la fille du club Mickey. J'étais persuadé que c'était elle. L'été au club Mickey, l'automne en surveillante de musée. C'était une vie plus remplie que la mienne, à l'évidence. J'étais stupéfait. J'avais d'abord pensé à l'aborder, mais comment faire ? « Je vous ai vue cet été au club Mickey » m'a paru une phrase puissamment ridicule. Et puis elle m'aurait sans doute demandé : « Ah ? Vous y avez accompagné des enfants ? Quels étaient leurs prénoms ? » J'aurais été bien embêté pour répondre. J'étais à ce moment bâtard de l'existence où il n'est pas très commun d'avoir des enfants en âge d'aller au club Mickey, pas plus qu'une petite sœur ou un petit frère ; enfin, tout est possible, bien sûr. Je ne me sentais guère en veine de l'aborder, de toute façon je n'abordais pas les gens, et surtout pas les filles qui me plaisaient, c'était trop embarrassant, c'eût été une autre personne que celle que j'étais. Un inconnu, que je n'aurais même pas eu envie de saluer.

La *demolition party* a eu lieu début novembre. Une semaine après la remise de mon mémoire, et quinze jours avant le petit oral de restitution qui devait avoir lieu avec monsieur Fabis, après qu'il l'aurait lu. Pour la première fois de ma vie, j'avais renoncé à gagner du temps.

La bâtisse minable qui allait être transformée en hôtel de luxe végétait dans son jus. Cinq étages miteux. Parquet noirci et défoncé, papier peint années 70 qui se décollait tout seul. Des décorations de Noël avaient été suspendues aux lustres poussiéreux, funèbres dans l'obscurité, des spots rouges vissés aux plafonniers. Une scène avait été dressée dans le lobby et, de manière peu pratique, le dernier étage réquisitionné pour les loges et les chambres où entreposer les instruments de musique. Cela donnait à ce dernier étage sous les combles des allures de Delmonico Hotel, le bâtiment sur Park Avenue où en août 1964 Dylan avait rencontré les Beatles dans leur suite, leur avait fait goûter de la beuh pour la première fois, et où Ringo, pensant que c'était une cigarette lambda, avait tout englouti en cinq taffes.

Ici, l'attraction principale était les escaliers, encombrés de jeunes gens désinvoltes et fantasques, tout ce que Paris comptait de demi-mondains et demi-célébrités, silhouettes connues, inconnues, trop méconnues selon leurs dires, petite foule interchangeable, chacune de ces personnes vous faisait penser à une autre déjà croisée au cours de votre jeune vie – à Paris, les années de fac comptaient triple –, les nouveaux visages n'étaient que des performances de personnes qui vous avaient séduites par le passé, des versions améliorées, plus sexy parfois, et la plupart d'entre elles avaient à la main un verre de rhum, de cointreaupolitain ou une bouteille de bière.

J'ai entendu une fille dire à un jeune provincial :

Dans cette ville, c'est simple : si tu connais quelqu'un, tu connais tout le monde ; si tu ne connais personne, tu ne connais personne.

Plus loin, le chef de projet d'un label m'a salué de manière assez vague pour ne pas faire d'impair sur mon identité – il m'avait déjà vu quelque part, ça suffisait – et, ayant repris sa conversation j'ai entendu qu'il disait à une fille plus grande que lui et qui avait des bras nus spectaculaires :

Les gars comme moi n'imaginent pas vivre ailleurs qu'à Paris. Dès que tu déçois quelqu'un, tu as toujours la possibilité de rencontrer une nouvelle personne que tu pourras bluffer.

La fille n'a pas spécialement réagi. Pas plus que si dans la pénombre elle avait pris son interlocuteur pour un tabouret.

Dans les étages ça parlait sortie d'EP, prochaine Fashion Week, ouverture de resto, galère de loyer ou entrée en Bourse. Les garçons balançaient la tête sans que l'on devine s'ils acquiesçaient à ce qu'on leur racontait ou s'ils suivaient plus ou moins le rythme du premier groupe en scène, qui se contentait de reprendre de manière scolaire, nerveuse et peu sophistiquée les tubes de David Bowie, des Clash, et *Knockin' on Heaven's Door* de Dylan qui semblait être l'hymne de la soirée. Certaines chambres du quatrième étage se refermaient sur des couples récents ou improvisés. Charles, le frère de Dan, et Rose, la fille qui avait voulu un temps devenir notre manageuse et qui, aux dernières nouvelles, était la copine de Martin, sont sortis ensemble d'une des chambres de l'amour illégitime. Des ennuis en perspective, qui ne me contrariaient plus.

Je déambulais dans cette faune stagnante parmi ces visages dont les yeux s'embourbaient dans les vapeurs d'alcool, arpentant l'escalier, essayant de remettre la main sur Cyril pour confirmer l'heure de notre passage, disant vaguement bonjour à la copine chanteuse du nouveau projet de Robin qui avait fait le déplacement depuis Bordeaux, une fille à dreads et visage d'ange, qui m'avait dévisagé avec un sourire ironique l'air de dire : « Robin est à moi maintenant, mec, mais je viens quand même assister à ton dernier concert avant la démolition. »

Il fallait tellement élever la voix pour se faire entendre et comprendre les paroles proférées en retour que j'étais bien content de tomber sur des personnes à qui je n'avais rien à dire.

Et puis j'ai aperçu Andreas. Sans attendre, je me suis précipité dans sa direction.

Laura est là ?

Il m'a jaugé avec un sourire vague et vaguement méchant. Il avait déjà dû descendre pas mal de Desperados. Il a dit, en plissant les yeux :

Dans les rues autour des Champs-Élysées, tout le monde cherche les Champs-Élysées.

Je n'ai rien compris à sa réponse mais j'ai eu envie de lui mettre mon poing dans la gueule. J'étais à cran.

Je te demande si tu as vu Laura ?

J'en sais rien. Peut-être. Tout le monde est là, non ?

Devant mon air insistant, paniqué, limite un peu fou, les deux filles avec lesquelles Andreas était en train de discuter avant que je ne les interrompe ont décidé par prudence de descendre d'une ou deux marches.

L'une d'elles a fait ce commentaire à mon sujet :

Il est aussi pâle qu'un vampire.

Pire ! a fait l'autre. Un vampirepire !

Et elles se sont mises à rigoler. Un rire qui m'a paru démoniaque et sans fin, comme une guirlande d'Halloween.

Laura… Je te demande où est Laura !

Je n'en sais rien, je te jure, a répondu Andreas pour se libérer de mes questions pressantes. On ne se voit plus trop.

Avec le stress, la fatigue, le relâchement dû à mon mémoire enfin bouclé et l'adrénaline d'une montée sur scène qui serait sans doute notre ultime concert, j'ai expulsé ce que j'avais sur le cœur :

Parce que vous vous voyiez ? Vous couchiez ensemble ?

Il m'a lancé un regard narquois qu'il a accompagné d'une tape du plat de la main sur une de mes épaules :

Grandis, Nico.

Je ne peux pas grandir, Andreas. Je suis trop vieux maintenant.

Bien sûr qu'on couchait ensemble ! Qu'est-ce que tu as cru ?

Ah.

Les masses qui devaient démolir l'hôtel, en casser méthodiquement les murs délabrés, s'attaquaient en premier à ma personne. Je me suis senti chuter à l'intérieur du haut d'un immeuble de quinze étages. Pourtant, avant d'être enseveli sous des gravats de tristesse, je suis revenu à la charge :

Et son mec, Alexis, il existe vraiment ?

Et toi Nico, m'a lancé Andreas dans une grimace agacée, est-ce que tu existes vraiment ?

Vous couchiez ensemble pendant tout ce temps ? Cette année ? Et cet été aussi ? Tu étais avec elle en Espagne, c'est ça ?

On couchait ensemble, et alors ? Pourquoi en faire tout un plat ! Tu n'aimes que des personnalités, des artistes, des écrivains, qui ont décidé de ne pas en faire tout un plat, et dès que ça concerne ton petit confort personnel, tu t'insurges de manière hypocrite !

Pour une fois, Andreas trouvait une parade intelligente. Il marquait un point.

Ouais on a couché ensemble, mais c'est terminé si ça peut te consoler. J'en avais marre d'être un foutu porteur d'ombrelle. Moi, contrairement à toi, je ne pourris pas sur place, je suis encore et totalement jeune. Je veux m'amuser avant la démolition de tout ce qui me concerne. Je ne débarque pas sur l'île de Java pour être le foutu porteur d'ombrelle de Cornelis de Houtman.

De qui ? ai-je demandé. Je n'avais pas la référence.

Cornelis de Houtman. C'était un explorateur. Quand il a débarqué sur l'île de Java, il avait tellement le soleil dans la gueule qu'il a demandé à son porteur d'ombrelle de le suivre comme son ombre. Et moi aussi je veux être un putain d'explorateur dans la jungle parisienne. Pas un porteur d'ombrelle. Allez, profite de la soirée, profite de la nuit, profite de ton concert, Nico. Profite un peu !

Andreas m'a légèrement bousculé avant d'aller rejoindre les deux filles qu'il n'avait jamais perdues du coin de l'œil, et qui se dirigeaient maintenant vers le bar.

Je détestais cette manie qu'avaient les gens de vous dire à tout bout de champ : « Profite ! Profite ! » Je n'étais pas un profiteur.

Je suis remonté péniblement vers les loges au cinquième et Dan m'a arrêté dans les escaliers :

Hé Nico, tu sais à quelle heure on joue ? J'ai le temps d'aller me chercher une bière ?

Il n'y en a pas dans les loges ?

Pas dans la nôtre en tout cas.

OK, mais fais vite.

En règle générale, je n'aimais pas que les uns et les autres boivent avant notre passage sur scène, mais là, dans ce cas particulier, la fin de l'histoire du groupe, je n'en avais plus rien à foutre.

Tu as vu que les Stavroguine vont jouer aussi ?

Ah super, ai-je dit. Je les aime beaucoup.

Robin t'a présenté sa nouvelle copine ?

Oui. Je crois qu'elle me méprise, qu'elle pense que les groupes où le batteur emballe plus que le chanteur sont voués à la désintégration immédiate.

Tu racontes vraiment n'importe quoi. Oh, je viens de croiser la fille chez qui on a dormi avant les vacances, la soirée avec le sportif américain.

Laura ? ai-je demandé le visage en feu.

Non, l'autre. Elle a fait semblant de ne pas me reconnaître.

Elle ne t'a pas reconnu. Je crois qu'elle s'en fout de nous.

Ah, OK. Bon, je vais chercher une bière et je remonte.

J'ai franchi encore une marée d'épaules à l'embouchure du couloir. Le temps s'égrenait. Me suis réfugié dans les loges en attendant que Cyril, le programmateur, vienne nous chercher. Je me sentais anéanti et j'ai cherché désespérément en moi le levier pour passer en pilotage automatique.

Robin et Martin ont fait irruption les bras chargés d'un arsenal de boissons. Je n'ai pas dit à Martin que j'avais vu sa copine sortir d'une des chambres avec Charles.

Le groupe s'en est bien sorti. Un ou deux pains sans gravité. Notre nouveau titre, *Danser et fuir*, a été prodigieusement bâclé mais c'était souvent le cas, pas assez travaillé, baptême du feu en eaux froides.

J'avais une poursuite et divers spots dans les yeux qui barbouillaient mon visage, pourtant je cherchais du regard des filles qui auraient pu être Laura, des tiges émouvantes aux longs cheveux, des épaules nues, lisses comme des galets, des corps envoûtants comme des bouées de sauvetage dans la marée humaine qui envahissait l'hôtel au plus fort de la nuit.

Je suis remonté ensuite en direction des loges, rincé et sans gloire. Tout ce temps d'angoisse et de préparation pour un moment qui avait duré si peu, et qu'il me semblait avoir à peine habité.

Il n'y avait personne dans la pièce qui nous avait été attribuée au cinquième quand j'en ai de nouveau franchi le seuil. Chantier de bouteilles de bière et d'affaires jetées en vrac, succession de gobelets comme pour une séance de chamboule-tout qui aurait déjà reçu la visite de plusieurs compétiteurs experts.

Robin, Martin et Dan avaient directement filé vers le bar. Seul, je me suis écroulé dans un fauteuil en cuir jaune et j'ai consulté mon téléphone portable. Pas de réseau. Tombant sur mon visage dans un miroir piqueté de points noirs, marques de vieillissement qui en dévoraient la surface, j'ai songé à un triptyque de Bacon des années 80, son seul autoportrait en pied. Il y avait sur le panneau de droite une flèche rouge précisément sous le lobe de l'oreille, comme si elle indiquait : « Bon à découper », ou « À découper selon les pointillés ». Sur les deux autres panneaux, l'oreille était effacée par les coups de pinceau et de brosse, attaquée, frottée, fondue et anéantie. Je me suis dit que j'avais manqué le coche d'écrire à propos de ce portrait dans mon mémoire, j'aurais pu lui donner à la fois une dimension iconique et christique, le rapprocher des autoportraits de Van Gogh et de Gauguin. Et revenir à mon jambon. La tête marquée comme une bête. J'étais immergé dans mes réflexions quand la porte de la loge s'est ouverte sur deux types accompagnés d'une fille qui devait avoir à peine 17 ans.

Ça ne t'ennuie pas qu'on squatte ici ? m'a demandé un des intrus. On sait pas où est notre loge.

J'ai fait non de la tête.

Ils portaient des T-shirts noirs, des blousons de cuir de *bikers* du samedi soir et des coiffures stylisées aux mèches asymétriques et pointues, singeant des personnages de manga. Le teint pâle et les yeux pochés par l'alcool, leurs visages d'anges frelatés étaient figés dans une expression à la fois hagarde et lubrique. Je les avais déjà vus en photo sur des prospectus, des affiches de concert placardées à la va-vite rue du Faubourg-Saint-Antoine.

Ils ont fait asseoir la fille sur un canapé dépenaillé, et l'ont encadrée en s'avachissant pesamment. L'un des types avait un sac à dos volumineux qu'il a dézipé. À un moment, j'ai pensé qu'il allait en sortir une tête de chou. J'étais en nage. Le sac contenait simplement un pack de six bières. Il m'en a proposé une. J'ai refusé. Pendant que le type au sac a descendu une première bouteille au goulot, son acolyte a attrapé la tête de la jeune fille dans sa main, l'a tournée vers lui et l'a embrassée à pleine bouche. Je lui en ai voulu de m'infliger ce spectacle. J'avais l'estomac en vrac, toute l'excitation du concert retombée, l'incertitude de savoir Laura dans la salle, l'idée fixe qu'elle s'y trouvait, l'échange avec Andreas qui m'avait dépecé, la ronde de leurs mensonges flagrants. J'étais vissé à ce fauteuil et je voulais juste trouver assez de ressources pour me lever et décamper.

Laisse-m'en un peu, Stan ! a marmonné le type à la bouteille en se tournant vers le couple qui s'embrassait.

Alors, puisqu'il voulait sa part, il s'est mis à peloter la fille, sans aucune gêne. D'abord par-dessus son T-shirt. La fille a tenté mollement de se débattre, mais elle semblait avoir trop bu, et l'autre type, Stan, la coinçait par son étreinte. Après quelques mouvements de résistance, elle s'est laissé faire, prise au piège, proie chétive et résignée.

Je me suis propulsé hors du fauteuil.

Hé les gars, tenez-vous un peu !

Bah, c'est des chambres d'hôtel ici, relax ! a fait Stan que j'identifiais maintenant comme le chanteur de leur groupe.

Du moins, c'est lui qui était toujours au premier plan sur les affiches.

La fille s'est détachée des caresses sordides et des embrassades goulues pour me jeter un regard flou.

J'ai hurlé :

Elle n'est même pas majeure, votre copine !

Relax, a dit le second type. On la connaît. C'est une groupie. Elle nous suit sur les concerts. Pas vrai ?

La fille a acquiescé d'un bref mouvement de tête.

Je ne comprenais pas pour quelle raison ils faisaient leur petite affaire devant moi, comme si je n'existais pas plus qu'un caoutchouc dans une salle d'attente. Et je ne comprenais pas non plus pourquoi quand ils me parlaient, c'était pour me dire d'être relax. Je n'avais pas du tout envie d'être relax. Ni l'envie, ni les moyens. La fille qui me plaisait le plus dans ce monde délétère était fuyante et si peu concrète dans mon existence ; le groupe de ma jeunesse, les espoirs de ma jeunesse, ma jeunesse tout autant, étaient voués à la démolition ; je venais enfin de rendre mon mémoire et m'apprêtais à affronter la sanction d'un examen qui devait enterrer ou rendre encore plus spatiale cette année compliquée ; en somme, je me tenais au bord de l'abîme raisonnable dans lequel les autres barbotaient sans se poser de questions.

Putain ! Mais laissez-la tranquille ! Vous voyez bien qu'elle est complètement perdue !

Elle n'est pas perdue puisqu'elle nous a trouvés, a

dit le deuxième larron, provoquant l'hilarité de son ami.

Je me suis approché encore du canapé, bien décidé à tirer la fille par le bras. Elle s'est laissée glisser par terre. Ivre et sans volonté.

Hé, qu'est-ce que tu nous emmerdes ? s'est excité le chanteur en se levant d'un bond.

Vous êtes vraiment des branleurs malsains, ai-je dit.

Alors Stan m'a attrapé brutalement et m'a projeté contre le fauteuil que je venais de quitter. J'ai perdu l'équilibre et suis tombé. Je pense que je n'avais pas conscience de ma force, ou plutôt de mon manque de force, parce que je me suis relevé aussitôt. Quitte à me faire massacrer, j'étais quand même prêt à leur laisser quelques égratignures. Peu importait qu'il y ait du sang sur les murs, la peinture serait refaite de fond en comble.

Il est revenu sur moi, les poings en avant. Un coup à l'épaule d'une efficacité redoutable m'a de nouveau envoyé valdinguer. Cette fois en direction du mur. Le type écumait, la bave aux lèvres, son visage de vautour n'était qu'un chiffon tordu, trempé dans la bêtise et la violence masculines.

Vas-y, casse-lui la gueule ! a éructé son acolyte.

Tombe, mec ! a crié Stan à mon intention. Reste au sol. On dirait que tu ne sais pas tenir debout, sale batard !

J'ai étouffé un cri qui traduisait l'agacement, la colère et le dépit, plus que la douleur.

À ce moment, la porte s'est ouverte. J'ai vu le chanteur et le guitariste du groupe Stavroguine débarquer avec des instruments. Interloqués, ils ont évalué la situation.

C'est quoi l'embrouille ? a demandé le chanteur.

Puis, s'adressant tout de suite à moi :

Ça va ?

Le guitariste a posé son étui et s'est précipité pour me relever, tandis que le chanteur se dressait en rempart face aux deux excités. La jeune fille malmenée en a profité pour prendre la poudre d'escampette. J'étais abattu, amer, et dans une situation plutôt honteuse.

J'ai entendu un de mes assaillants dire :

Ça va, relax les gars, on se disputait une meuf, c'est tout.

Cyril, le programmateur de la soirée, a passé à son tour une tête dans la chambre, il a dit aux deux lascars en perfecto qu'il les cherchait depuis un quart d'heure, qu'ils seraient les suivants à se produire sur la grande scène du bas. Le chanteur des Stavroguine ne me quittait pas des yeux. Il a vu que je bouillonnais de colère à la fois contre moi-même et le reste du monde.

Il a dit, alors que les deux affreux étaient toujours dans la pièce :

T'inquiète, Nico, ce sont des nazes. Ne te laisse pas atteindre par ces pourritures.

J'ai quitté la loge dans un état second, dégringolé les étages avec un mal de crâne aussi massif que l'enseigne clignotante d'une pharmacie. Cette fois, j'étais bien décidé à trouver Laura. J'avais besoin d'elle. Je n'avais besoin que d'elle. Sa bouche délavée de rouge, ses yeux couleur de tempête. Une soif inextinguible de la respirer. Un besoin irrationnel de revenir à son odeur.

Je l'ai cherchée comme un animal cherche un refuge dans une situation de danger. Parmi des corps, des silhouettes et des visages ennemis. J'ai fini par la repérer. Appuyée contre une rampe, dans l'escalier, enveloppée d'un ample manteau en laine sous lequel dépassait une robe en jersey et à plumes qu'elle avait enfilée sur un jean. Elle discutait avec un groupe de personnes.

J'ai saisi Laura par le poignet, elle et ses mensonges, rien à foutre de ses mensonges, et l'ai forcée à me suivre. Anne, qui était dans le petit groupe, a levé les yeux au ciel et a dit aux autres personnes interloquées que c'était bon, qu'il n'y avait rien à craindre, formule qui sur le coup m'a blessé le peu de temps qu'elle m'a poursuivie (je devais m'en souvenir, plus tard). J'étais trop malheureux pour dire à Anne ce que je pensais d'elle et de tout ça.

J'ai entraîné Laura dans les étages, puis dans le couloir crasseux du troisième.

Doucement ! Tu me pinces le bras !

J'ai ouvert une porte au hasard. Un couple baisait sur un lit bas. J'ai refermé la porte pour en ouvrir une autre. La chambre était libre.

Qu'est-ce qui te prend ? T'es dingue ?

Elle ne paraissait pas trop effrayée. Au contraire, ma vigueur et ma détermination soudaines l'amusaient à moitié. Je l'ai collée contre le mur, l'ai embrassée, retrouvant son parfum floral et brumeux mêlé à l'odeur âcre et stagnante du tabac. Elle m'a embrassé en retour, presque mordu. Baisers voraces de plantes carnivores. J'ai glissé ma main sous sa robe, cherchant l'ouverture de son jean, le déboutonnant, glissant ma main dans la fente, cherchant sa culotte, enfonçant mes doigts dans son sexe qui m'a paru humide et bouillant. Elle a exhalé un soupir. Nous étions près d'une fenêtre, dans une pénombre détruite par la lueur agressive d'un lampadaire extérieur, la buée a envahi rapidement la vitre. Je l'ai baisée avec mes doigts jusqu'à ce que la buée recouvre tout à fait la vitre. Jusqu'à ce que sa bouche haletante s'abandonne dans ma bouche. Elle s'est donnée corps et âme à la cadence que j'imprimais. Puis, retrouvant ses esprits, m'a repoussé fermement.

Elle a dit, dans un souffle :

Je suis avec mon mec. Alexis. Il est en bas.

Oui, ai-je répliqué-je avec amertume, lui ou un autre.

Qu'est-ce que tu racontes ?

Je me sentais vraiment désemparé, et en même temps je savais que je ne tiendrais jamais avec une fille avec laquelle rien n'était simple. Je serais inquiet et déçu, ou mortellement blessé au tournant de chaque phrase. Chaque nouveau rendez-vous serait un piège ou une accalmie, une péripétie ou une révélation. Je voulais sincèrement que Laura soit libre. Sa liberté faisait partie intégrante de ce qui me fascinait chez elle. Mais sa liberté me torturait. C'était inextricable. Ça ne fonctionnait pas. J'étais au-delà de l'épuisement. Défait par ma propre bêtise, mon obstination à me tenir au-dessus du vide.

Je suis désolé. Pardonne-moi. Je suis à bout de forces.

Elle m'a regardé, a réajusté sa culotte et son jean, a tiré sur sa robe, cherchant un miroir pour y ausculter son visage et atténuer les contours de sa bouche, le rouge qui avait bavé sous la virulence de nos baisers, puis elle a quitté la chambre sans un mot.

Je me suis laissé tomber sur le sol, épuisé, et me suis endormi là, malgré le bourdonnement des basses, le vacarme des portes qui claquaient, et ce que je distinguais aussi comme étant des coups de marteau ou les rires envahissants des personnes qui visitaient les étages, essayaient de tomber sur un visage qu'ils connaissaient, une personne à laquelle ils auraient pu parler cinq minutes, avant d'en rencontrer une nouvelle, comme dans une course de relais pour retrouver leur solitude sur la ligne finale, mais pour se sentir vibrer le plus longtemps possible, ainsi que je le faisais sur scène, quand il était question de ne faire qu'un avec la musique, et d'accéder à un état de grâce si rare au quotidien.

Quand j'ai rouvert les yeux, j'ai été étonné et heureux de me savoir en vie. Je pensais me réveiller sous les gravats mais, au petit matin, l'hôtel n'avait pas réellement été démoli.

17.

J'ai attrapé mon train à Saint-Lazare et me suis pris des trombes d'eau en sortant à la gare des Vallées. Un véritable déluge.

Quand je suis arrivé sur le palier de l'appartement de la rue du Transvaal et que mon père a ouvert la porte, j'ai été accueilli par les premières mesures du tube *El Bimbo*, du groupe Bimbo Jet, issu d'une vieille bande qui tournait sur une radiocassette. La bande était fatiguée et certaines parties de la chanson ralenties ou dilatées, ce qui lui donnait une dimension particulièrement psychédélique pour un tube disco.

Mon père s'est inquiété que je sois trempé jusqu'aux os, et s'est empressé d'aller me chercher une serviette-éponge qui m'est apparue tout aussi mouillée, comme s'il l'avait fait sécher sur un rebord de fenêtre sans se rendre compte qu'il venait de tomber des cordes.

Qu'est-ce que tu en dis ? m'a-t-il demandé. C'est parfait, non ?

Il parlait de la chanson *El Bimbo* qui emplissait l'appartement. N'est-ce pas la bande sonore idéale d'une fuite à travers le temps, d'une traversée de l'espace ?

J'ai approuvé. J'avais vu le clip passer sur YouTube et les danseurs m'avaient fait l'effet de poissons japonais qui décrivaient des hiéroglyphes colorés dans l'aquarium de l'écran. Le mélange des synthés et des violons, les voix qui montaient et s'étiraient, lui donnaient à la fois une dimension chaleureuse, réconfortante et empreinte d'étrangeté. Comme si vous étiez enfermé dans le centre commercial Parly 2 depuis 1977. La bande originale parfaite pour un voyage dans le cosmos ; la chanson ultime à écouter avant d'être absorbé par un trou noir supermassif.

Sous mes pieds, un tapis de papiers froissés, de photos mises en compote, recroquevillées comme des feuilles d'érable. On aurait dit l'atelier du peintre auquel je venais de consacrer mon mémoire et plus d'une année de ma vie.

Qu'est-ce qui se passe, papa ?

Oh, tu me cueilles en plein foutoir ! J'essaie de faire du rangement. Avant de redescendre sur terre.

J'ai observé son visage. Visage de la bonté aux traits tirés.

Ah. Tu vas arrêter d'entasser tous ces trucs ?

Oui, m'a-t-il dit d'une voix douce et résignée. J'essaie d'accepter que les choses puissent ne pas se conserver pour toujours. D'accepter que les choses changent. Je crois qu'on accepte que les choses changent à partir du moment où on comprend qu'elles évoluent. Viens dans la cuisine, je vais nous faire du café.

La machine à capsules, entartrée jusqu'au bec, avait été remplacée par une vieille cafetière à piston en verre et aluminium. Je lui ai fait la réflexion qu'elle devait dater de Mathusalem et il m'a répondu :

Pas sûr que Mathusalem buvait du café. Je parierais plutôt sur de la tisane. C'est quoi le titre ?

Il venait de baisser les yeux sur le livre que je tenais en main.

Oh, c'est le dernier roman d'Ignacio.

C'est bien ?

J'ai réfléchi à ma réponse, en essayant de prononcer un verdict honnête avec non pas ce que je pensais, mais ressentais à lecture. Ce que le travail de Francis Bacon m'avait appris, en fin de compte.

Il raconte parfaitement une histoire qui ne m'intéresse pas. C'est suffisamment bien écrit pour que je sois pris en otage par un récit dont je pourrais très bien me passer. Il ne m'en restera pas grand-chose, mais la lecture est plaisante à certains passages, ce qui est une expérience très réaliste somme toute, très comparable à ce que nous expérimentons au cours de notre existence, et en ce sens je pense que c'est un livre qui mérite d'être récompensé par un prix littéraire.

Ah ! Et tu le lui as dit ?

Oui. Je lui ai juste dit la dernière partie de ce que je viens de te dire. La toute dernière partie de la toute dernière phrase.

Tu sais, a dit mon père, je fais aussi du rangement parce qu'il est temps que je quitte le confort de mon vaisseau spatial. Je partirais bien au Brésil.

Au Brésil ?

Oui, chez les types qui ont créé Bimbo Jet.

Ce ne sont pas du tout des Brésiliens, papa. Ce sont des Français. Une sorte de *French touch* avant l'heure, en plus ringard.

Si je pars vivre au Brésil, tu viendras me voir ?

Oui. Bien sûr. Je viens bien à La Garenne-Colombes.

Les larmes au bord des yeux, il a dit :

J'ai vécu des belles années avec ta mère. Peut-être qu'elle n'a pas été heureuse comme elle l'aurait souhaité. Qu'elle rêvait de mieux. De quelqu'un de plus fou, de plus surprenant, de plus solide aussi. On est rarement à la hauteur des rêves des personnes qu'on aime. Peut-être qu'elle aurait vite déchanté si vous n'étiez pas arrivés, Louise et toi. Vous avez été un enchantement de tous les jours.

Il a détourné le regard pour aller attraper les mugs à café sur une petite étagère. Bizarrement, je l'ai senti apaisé. C'était un homme qui avait toujours craint de prendre des décisions, de peur de paraître brusque ou que la décision entraîne sa famille sur une mauvaise pente, alors il avait tendance à n'en prendre aucune, ce qui avait le don d'exaspérer ma mère.

En arrivant à la fac, je crois que je l'avais injustement détesté parce que je pensais avoir hérité de lui cette incapacité, tandis que Louise s'en sortait mieux, plus dure, plus affirmée, plus joyeuse, avec davantage d'adhérence dans la vie, comme maman.

Au bout d'un temps quand même, face à un problème domestique, la décision affleurait, il y avait quelque chose de l'ordre de la fatalité qui faisait que la décision s'agaçait de ne pas être prise, alors elle survenait d'elle-même. La décision décidait pour tout le monde. Dans un tirage du tarot, c'eût été comme tomber subitement sur la Force et l'Étoile.

Je ne savais pas comment réagir à ce qu'il venait de dire, si je devais lui dire merci, lui dire qu'il avait été un père formidable, que j'étais certain que maman avait été heureuse, je ne savais pas quoi dire, alors j'ai dit :

Moi aussi je viens de vivre une séparation.

Ah bon ?

Oui, avec mon groupe. Nous avons décidé d'arrêter la musique. On commençait à avoir autant de mal à se mettre d'accord pour fixer une date de répétition que pour trouver des concerts.

Zut.

Oui.

Tu sais Nico, les séparations, on y survit.

Ah ?

Oui.

Pour faire diversion, j'ai promené les yeux sur mon sac à dos, et lancé :

Devine ce qu'il y a dans ce sac ? Une tête !

Ah ?

C'est une sculpture en résine. Que j'ai prise sur une tombe.

Tu ramasses des trucs sur des tombes, toi ?

Oui, comme André Malraux. C'est comme ça qu'on devient ministre de la Culture dans ce pays. C'est une tête de chou. Une réplique de celle dont parle Gainsbourg dans ses chansons. Pour tout dire, je me suis vraiment attaché à elle, mais je vais faire comme toi, je vais redescendre sur terre. Demain, j'irai la remettre où je l'ai prise. Je l'ai gardée jusqu'ici comme un talisman. Elle a veillé sur moi comme j'ai veillé sur elle, pendant plusieurs semaines. Je la garde encore un peu pour qu'elle me porte bonheur pour mon oral demain après-midi.

C'est angoissant ce genre d'examen, a dit mon père. Le prof va donner son avis sur ton travail, c'est ça ?

Oui.

Aujourd'hui tout le monde donne son avis. Avant de dire quoi que ce soit d'intéressant, les gens donnent leur avis. Alors, tu peux très bien lui dire : « Je me fous de votre avis. » À moins qu'il ne te dise quelque chose que tu trouves intéressant.

Mon père m'a servi mon café dans un mug orange en céramique sur lequel était écrit : *No Bad Days*, et il a monté le volume de sa chaîne qui jouait *El Bimbo* en fredonnant à tue-tête la mélodie, scandant le mot Bimbo à l'unisson du chanteur. Quand j'ai quitté son appartement de la rue du Transvaal, la pluie avait cessé.

J'ai franchi pour la dernière fois les portes du bâtiment de Michelet. L'oral avait lieu dans le petit bureau du deuxième étage. J'ai surpris la houle sage des étudiants en provenance de l'amphi, ai regretté de quitter ce grand anonymat de directions, de trajectoires, de nuques graciles et de coupes de cheveux improbables.

J'ai toqué à la porte, et d'une voix claire et suffisamment forte pour tenir mon trac en respect, monsieur Fabis m'a invité à entrer.

Bon, alors, nous y voilà !

Il tenait mon texte entre les mains et, ainsi relié, je le trouvais peut-être un peu fin, léger, pour un travail de fin d'études, appréhendant ses remarques en ce sens.

Vous avez donc bénéficié cette année de davantage de temps que les autres étudiants, m'a dit d'entrée de jeu mon professeur, confirmant mes craintes.

Certainement, monsieur Fabis, mais comme vous le savez, c'est à cause de l'expo Bacon.

Il portait cette fois-ci une veste de costume chocolat assortie à son pantalon en velours et j'imaginais sa mère en train de lui préparer sa tenue avant qu'il ne parte au travail, et aussi lui glisser une pomme dans son attaché-case.

Donc, dans votre délire, vous clôturez votre mémoire par une recette de cuisine ?

Appuyant sur chaque syllabe, il a énoncé :

Du chou au bacon !

J'ai rapatrié sur mes genoux le sac à dos contenant la tête sculptée, en guise de protection magique. Une lutte intense se jouait entre mes poumons et ma bouche pour ne pas bredouiller lorsque j'ai répondu :

C'est un plat traditionnel. C'est même le plat le plus populaire dans les foyers irlandais. 64 % des Irlandais adultes la considèrent comme la recette la plus emblématique de leur pays. Comme les frites au vinaigre pour les Belges.

Soit, mais qu'est-ce que ça vient faire dans votre mémoire ?

Bacon est né à Dublin.

Merci pour l'information. Vous pensez que je ne le savais pas ?

J'ai répliqué, sans me démonter :

Vous devez savoir beaucoup de choses et donc aussi, forcément, en oublier pas mal. Le bacon, découpé en tranches, ressemble vraiment à une oreille, et c'est là que je fais le lien avec l'incident qu'il y a eu entre Van Gogh et Gauguin.

L'incident ?

L'oreille que Van Gogh se serait coupée. Enfin, bien sûr, ni vous ni moi n'étions dans la pièce.

Et donc, a poursuivi monsieur Fabis avec ironie, c'est là qu'intervient votre grand délire qui va bien prendre les trois quarts de votre travail sur la toile de Gauguin intitulée *Le Jambon*.

Il s'est éclairci la voix en toussant dans son poing fermé. J'ai eu peur que ce poing ne se retrouve à frapper le plat de la table entre nous.

Est-ce que dans vos recherches, et je ne doute pas que vos lectures aient été nombreuses sur le sujet, vous avez lu quelque part qu'un spécialiste de Bacon ou un historien de l'art rapprochait cette toile de Gauguin intitulée *Le Jambon* de l'œuvre du peintre anglais ?

J'ai répondu :

Non, jamais, c'est pour ça que je me disais que vous alliez être content. Que j'ai vraiment découvert quelque chose en travaillant sur le sujet, une piste qu'aucun historien n'a jamais mentionnée. J'ai trouvé un truc.

Vous avez trouvé un truc ?

Oui.

Votre mémoire portait bien sur la série des Van Gogh peinte par Bacon ?

Oui. Au départ, oui.

Et vous terminez par une recette de chou au bacon ?

Oui, mais...

À aucun moment vous n'avez parlé de Soutine ?

Non.

Pourquoi ?

On ne peut pas parler de tout le monde.

J'ai réprimé un mouvement d'épaule instinctif qui aurait pu paraître pédant, me disqualifier d'office, mais tout de même, un mémoire n'était pas une arche de Noé.

Monsieur Fabis s'est emporté :

Bacon adorait Soutine. Vous ne pouviez pas faire l'impasse sur Soutine. L'herbe, la violence de l'herbe et des champs chez Soutine, les arbres, notamment dans ses toiles qui prennent pour motif des enfants sur une route. Par exemple, vous auriez dû étudier le Van Gogh dans un paysage de 1957 qui est conservé dans *notre* musée d'Art moderne, donc pas besoin de remettre aux calendes grecques votre rencontre avec le tableau, et aussi *L'Arbre au tronc couché* de Soutine qui est conservé au musée de l'Orangerie. Il y a, quoi, vingt minutes à pied entre les deux toiles. On retrouve le traitement, la patte stupéfiante de Soutine dans la plupart des études de Bacon dès qu'il est question de paysage. Soutine, ça c'est une réelle influence ! Pas comme vos raccourcis imaginaires !

J'ai dit, pour ma défense :

Paolo Uccello a fait des raccourcis imaginaires et c'est très beau.

Monsieur Fabis a poussé un soupir grandiloquent prompt à fournir toute la ville du Havre en nuages pour l'année suivante. Il a ôté ses lunettes, les a méticuleusement nettoyées à l'aide d'un mouchoir en tissu en hochant la tête à la négative avant de les remettre sur son nez. À cet instant, j'ai redouté qu'il ne porte sur mon travail qu'un jugement cruel et définitif. Qu'il me considère comme un fantaisiste. Au lieu de quoi, il s'est à nouveau replongé dans les feuillets, cherchant sans doute un passage à sauver.

Donc, dans cette fameuse toile de Gauguin, *Le Jambon*, on ne peut pas vraiment parler d'aplats comme chez Bacon, mais plutôt de passages modulés…

(*Soupir.*) Si je suis votre raisonnement, si Paul Gauguin après son séjour chez Van Gogh n'avait pas peint un morceau de porc mais, disons, un poisson, nous n'aurions pas eu de Francis Bacon dans l'histoire de l'art, mais un Francis Trout, ou un Francis Fish ?... (*Soupir.*) Et quand vous supputez qu'avec ce tableau intitulé *Le Jambon*, Gauguin a voulu faire un portrait de Van Gogh après la scène de l'oreille coupée, c'est intéressant en effet, mais au vu de l'histoire de l'art, c'est un peu faible. Gauguin a plutôt voulu rendre hommage à Cézanne. Il existe par ailleurs une très belle nature morte de Monet qui peut faire référence.

Oui ! me suis-je écrié. Je la connais ! Sur le tableau de Monet, il y a même un couteau au premier plan. Pour moi, c'est une preuve supplémentaire.

Le visage de mon professeur s'est détendu. Une lueur de malice a étincelé dans son regard.

Vous voulez dire que le couteau qui aurait pu servir à trancher l'oreille de Van Gogh se trouve dans un tableau de Monet ?

Oui.

C'est une piste audacieuse. Particulièrement intéressante et inédite…

Puis, dans un élan soudain, il a ajouté :

Je valide votre travail et vous donne votre année !

Quoi ?

Oui, mention bien ! a-t-il tonné en guise de conclusion.

Ah ?

Nous avions fait un marché il me semble ? Je vais honorer ma parole. Vous m'avez rendu votre travail. Je le valide.

Sans attendre, il s'est emparé d'un tampon encreur posé sur son bureau et s'est mis à frapper d'un coup sec une feuille qui portait pour intitulé : PROCÈS-VERBAL DE SOUTENANCE DE MAÎTRISE FAISANT SUITE À UNE LICENCE.

Le tampon a laissé un cercle d'encre dans lequel il était écrit : UNIVERSITÉ DE PARIS (1), UFR ART ET ARCHÉOLOGIE.

Quand je suis sorti du bâtiment, j'ai été pris d'un immense soulagement. Mon année était validée. J'avais obtenu ma maîtrise. Je ne savais pas ce que l'obtention d'un diplôme valait concrètement, mais les journées à me plonger dans les livres n'étaient pas passées en vain. Je n'avais pas fait qu'empiler du temps à ne rien foutre, comme aux heures les plus glorieuses de mon adolescence. Sur le trottoir devant la fac, j'étais même prêt à aller embrasser Astrid qui supervisait l'écriture de pancartes aux slogans irrévocables. Quand elle m'a vu, elle s'est précipitée sur moi :

Tu n'es toujours pas prêt à participer, j'imagine ?

Participer à quoi ?

Elle m'a lancé un regard hargneux et s'est écriée dans un souffle :

Tu n'es vraiment qu'un égoïste !

Je me suis senti un peu moins misérable que d'habitude parce que je venais d'obtenir un diplôme. C'était sans doute sa première et son unique utilité.

J'ai pris davantage de précautions que lors de mon vol improvisé en arpentant les allées du cimetière. Avec la forte intuition que réintroduire la tête de chou sculptée dans son milieu naturel ne serait pas du goût des cantonniers.

Fébrile, aux aguets, j'ai attendu que la brigade du matin aille relever le nombre exact de baisers journaliers déposés sur le cénotaphe de Baudelaire pour déziper mon sac, en extraire l'objet, et le placer près de la tombe de Gainsbourg, avant de détaler sans demander mon reste, le cœur un peu plus léger.

J'espérais que la tête resterait là, que je pourrais venir la récupérer en cas de besoin, à tout moment. Mais peut-être aurait-elle disparu ? Un étudiant en maîtrise, ou en première année, pourquoi pas, pouvait en avoir lui aussi l'impérieuse nécessité.

N'était-ce pas la vocation de l'art ? Une toile, un roman, une chanson, cheminait avec vous et en vous, un temps certain, déraisonnable aux yeux des autres, et vous aidait à vous tenir droit, à remonter la pente dans ce monde strié de diagonales violentes. Et puis une autre personne découvrait l'œuvre, s'y projetait tout entière, en tombait amoureuse à son tour. Une œuvre est belle par le pouvoir de fascination qu'elle exerce, et, en cela, elle peut s'avérer utile pour traverser un moment. Quand c'est une tête de chou, c'est encore mieux, parce que vous pouvez instaurer une sorte de dialogue avec elle. Sur la table des soucis, le couvert est mis pour deux.

En me rendant à la soirée du 31 décembre, j'ai parlé avec Andreas qui s'efforçait toujours d'être le type le plus cool de la terre dans cinq ou six arrondissements parisiens. Je n'y ai pas fait long feu. J'avais vieilli, déjà, pour ce genre d'épopée.

En quittant les lieux, j'ai croisé Laura sur le seuil de l'immeuble. Laura, parmi un petit groupe d'individus. J'ai ressenti immédiatement une vive brûlure dans la poitrine, mais déjà amoindrie, presque étouffée. Un coup dans l'estomac pour la forme. Une moufle au lieu d'un gant de boxe. Sans doute mon corps gardait-il en mémoire, encore pour quelque temps, l'empreinte de nos baisers fougueux. Je suis passé devant elle, puis suis revenu sur mes pas pour lui dire un bonsoir qui était un adieu. Elle n'a pas cherché à se détacher des personnes avec qui elle conversait, je ne lui ai pas dit : « Je peux te parler deux minutes ? » pour l'entraîner à l'écart. Rien de tout ça. Le besoin d'elle plus fort que tout continuait à s'écouler au loin de moi comme une mare de sang, emportant dans son sillage tous les mots pour dire la nécessité et l'absolu, l'émerveillement et la tristesse.

Je suis rentré chez moi, tenant contre mon cœur et mon front la compresse inéluctable de la nuit, évitant les fêtards avinés et les hordes d'individus qui arpentaient les rues à la recherche d'un peu d'excitation.

L'un des premiers messages de bonne année que j'ai reçus, entre minuit et 1 heure du matin, a été un texto d'Inès. Elle m'a appris par la même occasion qu'elle revenait à Paris. Elle abandonnait Berlin en cours d'année, enfin pas vraiment en cours d'année puisque le cours d'année était une nouvelle année depuis quelques minutes.

Elle était heureuse de m'apprendre ça. Je me sentais foutu, mais tout n'était peut-être pas foutu.

Remerciements

Dans les périodes où j'écris un roman, je suis prêt à remettre en cause un paragraphe pour l'apparition d'une phrase inspirée par un visage, une rencontre, un échange silencieux. Quelque chose se passe, d'intense ou de trop grand pour finir à la trappe du quotidien, et le roman en cours d'écriture l'accueille, lui fait une place, fixe sa puissance fragile. Je remercie donc toutes les personnes croisées lors de l'écriture de ce livre, et qui l'ont éclairé de l'intérieur par nos échanges ou leur lumière.

Je remercie celles et ceux, lectrices, lecteurs, libraires, qui s'attachent à mes romans et me suivent dans tous mes projets, ainsi que les personnes qui me donnent des horizons de travail, qui me permettent de m'épanouir dans la création.

Des remerciements sincères aux organisatrices et organisateurs de festivals littéraires qui m'accueillent depuis plus de dix ans et m'ouvrent les bras comme une famille fidèle et sensible.

Je suis très reconnaissant aux équipes de Robert Laffont et d'Interforum pour leur soutien et leur travail ardent à mes côtés. Je tiens particulièrement à remercier Charlotte de Prémare sans qui ce roman ne serait pas ce qu'il est.

Je terminerais par une phrase de Roland Barthes : « l'écrivain, c'est celui qui ne refoule pas le sujet qu'il est. » J'ai tenté de ne pas refouler grand-chose dans ce livre.

pcacmb
édition pré-presse
livres numériques

44400 Rezé

MIXTE
Papier issu de
sources responsables
FSC® C003309

L'éditeur de cet ouvrage s'engage dans une démarche de certification FSC® qui contribue à la préservation des forêts pour les générations futures.

Pour en savoir plus :
www.editis.com/engagement-rse/

CET OUVRAGE
A ÉTÉ ACHEVÉ D'IMPRIMER
SUR ROTO-PAGE
PAR L'IMPRIMERIE FLOCH
À MAYENNE EN NOVEMBRE 2021

N° d'édition : 63198/01 – N° d'impression : 99465,
Imprimé en France